W0364967

Nobelpreisträger
2013

Annette Adamek

Mit dem schwedischen Dichter Tomas Tranströmer wurde 2011 einem Leisen der Nobelpreis zuerkannt, dessen eindringliche Gedichte den Resonanzraum des letzten Jahrhunderts ausmessen. Seine aus lichter Melancholie und lakonischer Nüchternheit geformten Verse, in viele Sprachen übersetzt, waren bis dahin ein Geheimtipp. »In meinem Schatten werde ich getragen« enthält sämtliche, von Hanns Grössel meisterhaft übersetzten Bände sowie die biographische Kindheitsskizze ›Die Erinnerungen sehen mich‹ und die Rede zur Verleihung des Pilot-Preises.

Tomas Tranströmer wurde 1931 in Stockholm geboren und besuchte das gleiche Gymnasium wie Ingmar Bergman und Lars Gustafsson. Die Sommer verbrachte er mit seinem Großvater, einem Lotsen, auf der Schäreninsel Rumnarö. 1954 erschien sein erster Gedichtband »17 Gedichte«, der ihn zur Hoffnung seiner Generation machte. Nach dem Studium arbeitete er als Psychologe in einer Haftanstalt und als Berufsberater. 1981 erhielt er den Petrarca-Preis, 2011 den Literatur-Nobelpreis.

Weitere Informationen, auch zu E-Book-Ausgaben,
finden Sie bei www.fischerverlage.de

Tomas Tranströmer

In meinem Schatten werde ich getragen

Gesammelte Gedichte

Aus dem Schwedischen
von Hanns Grössel

Mit einem Nachwort
von Hans Jürgen Balmes

FISCHER Taschenbuch

FSC
www.fsc.org
MIX
Papier aus verantwortungsvollen Quellen
FSC® C083411

Erschienen bei FISCHER Taschenbuch
Frankfurt am Main, Juli 2013

Lizenzausgabe mit freundlicher Genehmigung
der Carl Hanser Verlag GmbH, München und Wien.

Die vorliegende Ausgabe orientiert sich an der 2011 bei
Bonnier, Stockholm erschienenen »Dikter och prosa 1954–2004«.

Satz: Dörlemann Satz, Lemförde
Druck und Bindung: CPI – Clausen & Bosse, Leck
Printed in Germany
ISBN 978-3-596-19675-3

17 Gedichte

1954

I
Präludium

Das Erwachen ist ein Fallschirmsprung aus dem Traum.
Frei vom erstickenden Wirbel, sinkt
der Reisende der grünen Zone des Morgens entgegen.
Die Dinge flammen auf. In der zitternden Position der Lerche
nimmt er die unterirdisch schwingenden Lampen
der mächtigen Baumwurzelsysteme wahr. Doch auf der Erde
steht – in tropischem Schwall – das Grün, mit
erhobenen Armen, lauschend
dem Rhythmus von einem unsichtbaren Pumpwerk. Und er
sinkt dem Sommer entgegen, wird hinabgelassen
in dessen blendenden Krater, hinab
durch Schächte von grünfeuchten Altern,
bebend unter der Sonnenturbine. Dann wird
diese senkrechte Fahrt durch den Augenblick aufgehalten, und die Flügel
breiten sich aus zum Ruhen des Fischadlers über einem strömenden
Gewässer.
Der friedlose Ton
der Bronzezeit-Lure
hängt überm Bodenlosen.

In den ersten Stunden des Tages kann das Bewußtsein die Welt umfassen,
wie die Hand einen sonnenwarmen Stein ergreift.
Der Reisende steht unter dem Baum: Wird,
nach dem Sturz durch den Wirbel des Todes,
ein großes Licht sich entfalten über seinem Kopf?

II
Herbstliche Schären

Sturm

Plötzlich begegnet der Wanderer hier der alten
Rieseneiche, gleich einem versteinerten Elch mit
meilenweiter Krone vor dem Septembermeer, der
    schwarzgrünen Festung.

Nördlicher Sturm. In dieser Zeit reifen die
Vogelbeertrauben. Wach im Dunkel, hört man die
Sternbilder stampfen in ihren Boxen
    hoch überm Baume.

Abend – Morgen

Der Mast des Mondes ist vermorscht, und das Segel wird faltig.
Die Möwe schwebt trunken hinweg übers Wasser.
Das schwere Viereck des Bootsstegs ist verkohlt. Das Dickicht sinkt im
    Dunkel dahin.

Hinaus auf die Treppe. Das Morgengraun schlägt und schlägt in die
Grauwackengatter des Meeres, und die Sonne sprüht
nah bei der Welt. Halberstickte Sommergötter
    tappen in Meerdunst.

Ostinato

Unterm Bussard, dem kreisenden Punkt aus Stille,
rollt das Meer tosend heran im Lichte,
kaut blindlings an seinem Zaumzeug aus Tang und schnaubt
Schaum über den Strand.

Die Erde wird eingehüllt von Dunkel, das die Fledermäuse
auspeilen. Der Bussard hält inne und wird ein Stern.
Das Meer rollt tosend heran und schnaubt
Schaum über den Strand.

III
Fünf Strophen für Thoreau

Noch einer hat den Ring aus gierigen Steinen
der schweren Stadt verlassen. Kristallklares Salz ist das
Wasser, das um den Kopf aller wahren Flüchtlinge
    zusammenschlägt.

In einem langsamen Wirbel ist das Schweigen von der Mitte der
Erde hierhergestiegen, Wurzeln zu schlagen und zu wachsen
und mit buschiger Krone die sonnenwarme Treppe des
    Mannes zu beschatten.

*

Achtlos tritt der Fuß an einen Pilz. Eine Gewitterwolke
wächst groß am Saum. Wie Kupferluren er-
tönen die gekrümmten Wurzeln der Bäume, und das Laub, erschrocken,
    stiebt auseinander.

Die wilde Flucht des Herbstes ist sein leichter Mantel,
flatternd, bis wieder aus Frost und Asche
scharenweise milde Tage gekommen sind und die Klauen
    baden im Quell.

*

Keiner glaubt dem, der einen Geysir gesehn;
vom steinernen Brunnen geflohn wie Thoreau, geht er und kann dann
tief im Grün seines Innern verschwinden,
    listig, voll Hoffnung.

Gogol

Die Jacke verschabt wie ein Wolfsrudel.
Das Gesicht wie ein Marmorsplitter.
Sitzt im Kreis seiner Briefe im Hain, der rauscht
von Hohn und Irrtum,
ja das Herz weht wie ein Stück Papier durch die ungastlichen
Passagen.

Jetzt streicht der Sonnenuntergang über dieses Land wie ein Fuchs,
entzündet das Gras in einem Augenblick.
Der Raum ist voll Hörner und Hufe, und darunter
gleitet die Kutsche schattengleich zwischen den erleuchteten Gütern
meines Vaters.

Petersburg, gelegen auf demselben Breitengrad wie die Vernichtung
(hast du die Schöne gesehen im schiefen Turm)
und um vereiste Viertel schwebt noch quallengleich
der Arme in seinem Mantel.

Und hier, in Fasten gehüllt, ist er, der früher von den Herden
des Lachens umgeben war,
doch vor langem haben sie sich in Gegenden weit oberhalb
der Baumgrenze begeben.

Wankende Tische der Menschen.
Schau hinaus, wie das Dunkel eine Milchstraße aus Seelen festbrennt.

Drum besteig deinen Feuerwagen und verlaß das Land!

Seemannsgeschichte

Schneelose Wintertage gibt es, da ist das Meer verwandt
mit Berggegenden, geduckt in grauem Federkleid,
eine kurze Minute blau, lange Stunden mit Wellen wie bleiche
Luchse, vergebens Halt suchend im Strandkies.

An so einem Tag steigen wohl die Wracks aus dem Meer und suchen
ihre Reeder, gereiht im Lärm der Stadt, und ertrunkne
Besatzungen wehen an Land, dünner als Pfeifenrauch.

(Im Norden gehen die richtigen Luchse, mit gewetzten Klauen
und träumenden Augen. Im Norden, wo der Tag
in einer Zeche wohnt, Tag und Nacht.

Wo der einzige Überlebende am Ofen
des Nordlichts sitzen und der Musik
der Erfrorenen lauschen darf.)

Strophe und Gegenstrophe

Der äußerste Kreis gehört der Mythe. Dort sinkt der Rudergänger aufrecht
zwischen glitzernden Fischrücken.
Wie weit von uns weg! Wenn der Tag
in schwüler und windloser Unruhe steht –
wie die grünen Schatten des Kongo
die blauen Männer in ihrem Dunst halten –
wenn all dieses Treibholz auf dem träge sich schlängelnden
Fluß des Herzens
sich auftürmt.

Plötzliche Veränderung: unter die Ruhe der Himmelskörper
gleiten die Angepflockten.
Heckoben, in hoffnungsloser
Lage, steht der Rumpf eines Traumes, schwarz
gegen hellroten Küstenstreifen. Aufgegeben
stürzen sich die Jahre, schnell
und lautlos – wie der Schlittenschatten, hundegleich, groß
über Schnee fährt,
den Wald erreicht.

Erregte Meditation

Ein Sturm bringt die Flügel der Mühle dazu, sich wild zu
drehn im Dunkel der Nacht, nichts mahlend. – Du
    wirst aus denselben Gesetzen wachgehalten.
        Der Bauch des Grauhais ist deine schwache Lampe.

Diffuse Erinnerungen sinken zur Tiefe des Meeres
und erstarren dort zu fremden Standbildern. – Grün
    von Algen ist deine Krücke. Wer aufs
        Meer hinaus wandert, kehrt erstarrt wieder.

Die Steine

Die Steine, die wir geworfen, höre ich
fallen, glasklar durch die Jahre. Im Tal
fliegen die verworrenen Handlungen
des Augenblicks schreiend von
Wipfel zu Wipfel, verstummen
in Luft, dünner als die des Jetzt, gleiten
wie Schwalben von Gipfel
zu Gipfel, bis sie
die äußersten Plateaus erreicht haben
längs der Grenze des Seins. Dort fallen
all unsre Taten
glasklar
auf keinen andern Boden
als uns selbst.

Zusammenhänge

Schau den grauen Baum. Der Himmel ist
durch seine Fasern hinab in die Erde geflossen –
nur eine schrumplige Wolke bleibt, wenn
die Erde getrunken hat. Gestohlener Raum
wird im Flechtwerk von Wurzeln gewrungen, wird zu Grün
gezwirnt. – Die kurzen Augenblicke
von Freiheit steigen aus uns, wirbeln
durchs Blut der Parzen und weiter.

Morgen und Einfahrt

Die Mantelmöwe, der Sonnenschiffer, zieht ihre Bahn.
Unter ihr ist das Wasser.
Noch schlummert die Welt wie ein
vielfarbener Stein im Wasser.
Unausgedeuteter Tag. Tage –
wie die Schriftzeichen der Azteken!

Die Musik. Und ich stehe gefangen
in ihrem Gobelin, mit
erhobenen Armen – wie eine Figur
aus der Volkskunst.

Im brausenden Steven ist Ruhe

An einem Wintermorgen ist wahrzunehmen, wie diese Erde
sich vorwärts wälzt. Gegen die Wände des Hauses
schmettert ein Luftzug
aus dem Verborgenen.

Von Bewegung umflossen: das Zelt der Stille.
Und das geheime Steuer im Zugvogelschwarm.
Aus dem Winterdunkel
steigt ein Tremolo

von verborgenen Instrumenten. Es ist, als stünde man
unter der hohen Linde des Sommers, von zehntausend
Insektenflügeln
das Dröhnen überm Kopf.

Kentern von Nacht zu Tag

Still wacht die Waldameise, blickt in nichts
hinein. Und nichts ist zu hören außer Tropfen von dunklem
Laubwerk und das nächtliche Rieseln tief im
Cañon des Sommers.

Die Tanne steht wie der Zeiger an einem Uhrwerk,
stachlig. Die Ameise glüht im Schatten des Berges.
Schrei, Vogel! Und endlich. Langsam beginnt die Wolken-
fuhre zu rollen.

IV
Lied

Die weiße Schar wuchs: Möwen spitzen die Schnäbel,
in Segeltuch von toten Schiffen gekleidet,
doch vom Rauch verbotener Küsten gefleckt.

Alarm, Alarm um Abfall von einer Schute!
Sie drängten sich dicht und bildeten ein Flaggenwinken,
das »hier eine Beute« signalisierte.

Und Möwen stürzten über Wasserweiten
mit blauen Äckern im Schaume gleitend.
Quer darüber ging ein Phosphorweg zur Sonne.

Doch in seiner Vorzeit fährt Väinämöinen
auf Meeresweite funkelnd in Vorzeitlicht.
Er reitet. Die Hufe des Pferdes werden nicht naß.

Und hinter ihm: grün der Wald seiner Lieder.
Mit der Eiche in einem tausendjährigen Sprung.
Die große Mühle wird von Vogelgesang getrieben.

Und jeder Baum ist Gefangener in seinem Rauschen.
Mit großen Zapfen im Mondlicht glänzend,
wenn die Außenställe angehen wie ein Leuchtturm.

Da erhebt sich Der Andere mit seinem Zauberlied,
und der Pfeil fliegt weitoffenen Blicks
mit Gesang beim Ziehen wie ein Vogelstrich.

Eine tote Sekunde, wenn das Pferd plötzlich erstarrt
und über die Wasserlinie eilt wie
eine blaue Wolke unter dem Fühler des Gewitters.

Und Väinämöinen stürzt schwer ins Meer
(ein Brandsegel, das die Himmelsgegend ausspannt).
Alarm, Alarm unter den Möwen beim Fall!

So auch mit dem, der ohne Angst
verhext mitten im Gemälde seines Glücks steht,
mit elf Garben, die sich neigen.

Der Alpengipfel der Zuversicht im Äther summend,
dreitausend Meter hoch, wo die Wolken um die Wette
segeln. Der fette Riesenhai wälzt sich

in lautlos schallendem Gelächter unter der Oberfläche des Meeres.
(Tod und Erneuerung, wenn die Woge kommt.)
Und der Wind radelt friedlich durchs Laub.

Da trommelt das Gewitter dumpf gegen den Horizont
(wie die Büffelherde in ihrem Rauch flieht).
Die Faust eines Schattens ballt sich im Baum

und stürzt jetzt ihn, der verhext
mitten im Bild seines Glücks steht, wo der Himmel des Abends
hinter einer Wildschweinmaske aus Wolken zu glühen scheint.

Sein Doppelgänger wurde eifersüchtig
und trifft eine heimliche Verabredung mit seiner Frau.
Und der Schatten sammelt sich und wird eine Flutwelle,

eine Flutwelle, dunkel mit reitenden Möwen.
Und das Backbordherz schäumt in einer Brandung.
Tod und Erneuerung, wenn die Woge kommt.

Die weiße Schar wuchs: Möwen spitzen die Schnäbel,
in Segeltuch von toten Schiffen gekleidet,
doch vom Rauch verbotener Küsten gefleckt.

Die Silbermöwe: eine Harpune mit Samtrücken.
Im Nahbild wie ein überschneites Gerippe
mit verborgenen Pulsen, die im Takt blitzen.

Ihre Fliegernerven in Gleichgewicht. Sie schwebt.
Sie träumt, fußlos im Winde hängend,
ihren Jägertraum mit dem scharfen Schuß des Schnabels.

Gefräßig entfaltet sinkt sie zur Oberfläche hinab
und schlingt sich um die Beute wie ein Strumpf
mit ein paar Rucken. Und hebt ab wie ein Geist.

(Die Erneuerung ist der Zusammenhang von Kräften,
rätselhafter als die Wanderungen des Aals.
Unsichtbarer Baum in Blüte. Und wie

eine Kegelrobbe in ihrem Unterwasserschlaf
zur Wasseroberfläche hinaufgeht, einmal Atem holt
und – noch immer schlafend – zum Grund hinabtaucht,

so hat jetzt der Schlummerer in mir sich heimlich
mit *dem* vereinigt und ist zurückgekehrt,
während ich mit dem Blick auf anderes geheftet dastand.)

Und der Dieselmotor im Schwarme tuckernd,
vorbei an der dunklen Schäre, der Vogelspalte,
wo der Hunger blühte mit gestreckten Schlünden.

Noch bei Anbruch der Dunkelheit waren sie zu hören:
eine Musik der Unreife wie aus
dem Orchestergraben, ehe das Spiel beginnt.

Doch auf seinem Vorzeitmeer trieb Väinämöinen,
im Handschuh der kabbeligen See geschüttelt oder ausgestreckt
in der Spiegelwelt der Flaute, wo die Vögel

vergrößert wurden. Und aus einem vergeudeten Samenkorn, weit
vom Land weg, am Ende des Meeres, aus Wogen
wachsend, aus einer Nebelbank schoß er auf:

ein gewaltiger Baum mit schuppigem Stamm und ganz durch-
sichtigen Blättern, und dahinter glitten
gefüllte weiße Segel entlegener Sonnen

in Trance hervor. Und schon hebt der Adler ab.

V
Elegie

Am Ausgangspunkt. Wie ein gestürzter Drache
in einem Sumpf zwischen Dunst und Schwaden liegt
unser tannenwaldgekleidetes Küstenland. Weit draußen:
zwei Dampfer, die aus einem Traum

im Nebel rufen. Das ist die untere Welt.
Regloser Wald, reglose Wasserfläche
und die Hand der Orchidee, die aus dem Humus gestreckt wird.
Auf der andern Seite, jenseits dieser Fahrrinne,

doch in derselben Spiegelung hängend: das Schiff,
wie die Wolke schwerelos in ihrem Raume hängt.
Und das Wasser um seinen Steven ist reglos,
in Flaute niedrig. Und dennoch stürmt es!

und der Schiffsrauch weht waagerecht hinaus –
dort flackert die Sonne in seinem Griff – und der Wind
steht dem, der an Bord geht, hart ins Gesicht.
Die Backbordseite des Todes hinaufgehn.

Ein plötzlicher Durchzug, und die Gardine flattert.
Die Stille läutet wie ein Wecker.
Ein plötzlicher Durchzug, und die Gardine flattert.
Bis fernab zu hören ist, wie eine Tür zuschlägt,

weit weg in einem anderen Jahr.

*

O Felder, grau wie der Mantel des Bocksten-Mannes!
Und die Insel, die dunkel im Wasserrauch schwebt.

Es herrscht Stille, wie wenn das Radar übermütig
Umdrehung nach Umdrehung macht.

In einem Augenblick ist ein Kreuzweg.
Die Musik der Entfernungen ist zusammengeströmt.
Alles zusammengewachsen zu einem buschigen Baum.
Verschwundene Städte glitzern in seinem Astwerk.

Von überall und nirgends spielt es
wie Grillen im Augustdunkel. Eingesprengt
wie der Holzkäfer, schlummert hier nachts
der erschlagene Fahrende des Torfmoors. Der Saft treibt

seinen Gedanken zu den Sternen hinauf. Und tief hinein
in den Berg: hier ist die Grotte der Fledermäuse.
Hier hängen die Jahre, die Taten dicht.
Hier schlafen sie mit zusammengelegten Flügeln.

Eines Tages werden sie hinausfliegen. Ein Gewimmel!
(Von weitem wie ein Rauch aus der Mündung der Grotte.)
Doch noch herrscht der Sommerwinterschlaf.
Von weitem Wasserrieseln. Im dunklen Baum

ein Blatt, das sich wendet.

*

An einem Sommermorgen bleibt die Egge des Bauern
in toten Knochen und Kleiderfetzen hängen. – Er lag
also noch da, als das Torfmoor trockengelegt wurde
und steht jetzt auf und geht im Licht davon.

In jedem Gau wirbeln goldne Samenkörner
um alte Schuld. Der gepanzerte Schädel
in Ackererde. Ein Wanderer unterwegs,
und der Berg folgt ihm mit seinem Blick.

In jedem Gau rauscht das Rohr des Jägers
um Mitternacht, wenn die Flügel sich breiten
und das Vergangene wächst in seinem Sturz
und dunkler als der Meteorstein des Herzens.

Eine Geistesabgewandtheit macht die Schrift gierig.
Eine Fahne beginnt zu knattern. Die Flügel
schlagen um die Beute zusammen. Diese stolze Fahrt!
auf der der Albatros zu einer Wolke altert

im Schlund der Zeit. Die Kultur ist eine Walfang-
station, wo der Fremde auf seinem Spaziergang
zwischen weißen Hausgiebeln und spielenden Kindern
dennoch mit jedem Atemzug die Anwesenheit

des erschlagenen Riesen wahrnimmt.

*

Leicht wird die Birkhahnbalz der Himmelssphären zurückgeworfen.
Die Musik, schuldlos in unserm Schatten, wie
das Wasser des Springbrunnens zwischen wilden Tieren aufsteigt,
kunstreich versteinert um den Wasserstrahl.

Mit den Bögen verkleidet in einen Wald.
Mit den Bögen wie die Takelage in einem Platzregen –
die Kajüte wird unter den Hufen eines Platzregens getreten –
und zuinnerst, in der kardanischen Aufhängung, die Freude.

Heut abend wird die Flaute der Welt widergespiegelt,
wenn die Bögen angesetzt, aber nicht bewegt werden.
Unbeweglich im Nebel die Bäume des Waldes
und die Wassertundra sich selbst spiegelnd.

Die stumme Hälfte der Musik ist hier, wie der Duft
von Harz um blitzbeschädigte Tannen steht.

Ein unterirdischer Sommer in jedem Mann.
Da löst sich, am Kreuzweg, ein Schatten

und sprengt in Richtung der Bachtrompete davon.
Aus Gnade wird plötzlich Zuversicht geschenkt. Seine Ich-
Verkleidung an diesem Strand zurücklassen,
wo die Woge anschlägt und wegsinkt, anschlägt

und wegsinkt.

Epilog

Dezember. Schweden ist ein an Land gezogenes,
abgetakeltes Schiff. Scharf stehen seine Masten gegen
den Dämmerungshimmel. Und die Dämmerung dauert länger
als der Tag – der Weg, der herführt, ist steinig:
erst um die Mittagszeit kommt das Licht an,
und das Kolosseum des Winters erhebt sich,
von unwirklichen Wolken aus beleuchtet. Da steigt
mit eins der weiße Rauch schwindelerregend von
den Dörfern auf. Unendlich hoch stehen die Wolken.
An den Wurzeln des Himmelsbaums wühlt das Meer,
zerstreut und wie auf etwas lauschend.
(Unsichtbar bewegt sich über die dunkle, abgewandte
Hälfte der Seele ein Vogel, die Schlafenden
mit seinen Rufen weckend. Dann wird der Refraktor
gedreht, fängt eine andere Zeit ein,
und es ist Sommer: die Berge brüllen, strotzend
von Licht, und der Bach hebt das Glitzern der Sonne
in durchsichtiger Hand … Später alles weg,
wie wenn ein Filmstreifen im Dunkeln abreißt.)

Jetzt durchbrennt der Abendstern die Wolke.
Bäume, Zäune und Häuser werden vergrößert, wachsen
in der lautlos stürzenden Lawine des Dunkels.
Und unter dem Stern wird immer mehr die andere,
verborgene Landschaft hervorgerufen, die auf der Röntgenplatte
der Nacht das Leben von Konturen lebt.
Ein Schatten zieht seinen Schlitten zwischen den Häusern.
Sie warten.
                Um 18 Uhr kommt der Wind
und sprengt mit Getöse auf der Dorfstraße vorwärts,
im Dunkel, wie eine Reiterschar. Wie
die schwarze Unruhe spielt und verklingt!
In Unbeweglichkeitstanz stehen die Häuser gefangen,

in diesem Brausen, das dem des Traumes ähnelt. Windstoß
auf Windstoß streift über die Bucht, weg
zur offnen See, die sich ins Dunkel stürzt.
Im Raume flaggen verzweifelt die Sterne.
Sie werden angezündet und ausgelöscht von Wolken, die vorwärts fliegen,
die nur, wenn sie die Lichter verdecken, ihre Existenz
verraten, gleich den Wolken des Vergangenen,
die in den Seelen umherjagen. Wenn ich
am Stallweg vorbeigehe, ist von drinnen
durchs Getöse das Stampfen des kranken Pferdes zu hören.
Und das ist der Aufbruch im Sturm, bei einem
kaputten Gatter, das schlägt und schlägt, eine Laterne,
die an einer Hand baumelt, ein Tier, das im Gebirge
ängstlich gackert. Aufbruch, wenn es wie Gewitter
über den Viehställen grollt, in den Telephondrähten
brummt, gell in den Pfannen
auf dem Dach der Nacht pfeift
und der Baum hilflos seine Zweige abwirft.

Ein Ton von Dudelsäcken löst sich!
Ein Ton von Dudelsäcken, die heranziehen,
befreiend. Eine Prozession. Ein marschierender Wald!
Es braust um einen Steven, und das Dunkel bewegt sich,
und Land und Wasser treiben. Und die Toten,
die unter Deck gegangen sind, sie sind mit uns,
mit uns unterwegs: eine Seereise, eine Wanderung,
die kein Jagen, sondern Geborgenheit ist.
Und stets aufs neue bricht die Welt
ihr Zelt ab. Eines Sommertages packt
der Wind die Takelage der Eiche und schleudert die Welt vorwärts.
Die Seerose paddelt mit ihrem verborgenen Schwimmfuß
im dunklen Schoß des Teichs, der auf der Flucht ist.
Ein Findling rollt in den Hallen des Raumes davon.
In der Sommerdämmerung sind Inseln zu sehn, die am Horizont
abheben. Alte Dörfer sind
unterwegs, ziehn immer weiter in die Wälder hinein

auf den Rädern der Jahreszeiten mit dem Kreischen der Elster.
Wenn das Jahr die Stiefel abschleudert
und die Sonne höherklettert, belauben sich die Bäume
und füllen sich mit Wind und segeln in Freiheit voran.
Am Fuß des Berges steht die Nadelwaldbrandung,
aber die lange, laue Dünung des Sommers kommt,
zieht sachte durch die Wipfel der Bäume, ruht
einen Augenblick und sinkt wieder weg –
entlaubte Küste bleibt. Und schließlich:
Gottes Atem ist wie der Nil: tritt über
und sinkt in einem Rhythmus, der in den Texten
aus verschiedenen Zeitaltern berechnet worden ist.

Aber Er ist auch unveränderlich
und deshalb selten hier beobachtet.
Er kreuzt die Prozession von der Seite aus.

Wie das Schiff durch den Nebel kommt,
ohne daß der Nebel etwas merkt. Schweigen.
Der schwache Lichtschein der Laterne ist das Signal.

Geheimnisse auf dem Wege

1958

I
Schwedische Häuser, einsam gelegen

Ein Gewirr schwarzer Tannen
und rauchender Mondstrahlen.
Hier liegt die Kate versenkt,
und sie scheint ohne Leben.

Bis der Morgentau rieselt
und – mit zitternder Hand –
ein Greis das Fenster öffnet
und einen Uhu hinausläßt.

Und in einem anderen Wetterstrich
steht der Neubau und dampft
mit dem Schmetterling der Lakenwäsche
an der Ecke flatternd

mitten in einem sterbenden Wald,
wo die Verrottung durch eine Brille
aus Saft das Protokoll
der Borkenkäfer liest.

Sommer mit flachshaarigem Regen
oder einer einzelnen Gewitterwolke
über einem Hund, der bellt.
Das Samenkorn strampelt in der Erde.

Erregte Stimmen, die Gesichter
fliegen in den Telephondrähten
auf geschrumpften schnellen Flügeln
über die Meilen der Mooräcker.

Das Haus auf einer Insel im Bergbach,
seine Grundsteine bebrütend.
Ein ständiger Rauch – man verbrennt
die Geheimpapiere des Waldes.

Der Regen kehrt sich in den Himmel.
Das Licht schlängelt sich in den Bergbach.
Häuser am Hang überwachen
die weißen Ochsen des Wasserfalls.

Herbst mit einer Liga von Staren,
die die Dämmerung in Schach halten.
Die Menschen bewegen sich steif
auf dem Theater des Lampenscheins.

Laß sie ohne Angst die ge-
tarnten Flügel spüren
und Gottes Energie
zusammengerollt im Dunkel.

Der von Gesang erwachte über den Dächern

Morgen, Mairegen. Noch ist die Stadt still
wie eine Sennhütte. Die Straßen still. Und im
Himmel grollt blaugrün ein Flugzeugmotor. – Das
Fenster ist offen.

Da wird der Traum, in dem der Schlafende ausgestreckt
liegt, durchscheinend. Er bewegt sich, beginnt, nach den
Werkzeugen der Aufmerksamkeit zu tasten –
beinah im Weltraum.

Wettergemälde

Das Oktobermeer blinkt kalt
mit seiner Rückenflosse aus Luftspiegelungen.

Nichts ist zurückgeblieben, was sich an den weißen
Taumel der Segelregatten erinnert.

Bernsteinlicht über der Stadt.
Und alle Geräusche in langsamer Flucht.

Die Hieroglyphe eines Hundebellens steht in die Luft
über dem Garten gemalt,

wo die gelbe Frucht den Baum
überlistet und sich fallen läßt.

Die vier Temperamente

Das forschende Auge verwandelt die Sonnenstrahlen in Polizeiknüppel.
Und abends: der Lärm von einem Fest in der Wohnung darunter
schießt hoch wie unwirkliche Blumen durch den Fußboden.

Fuhr im Flachland. Dunkel. Der Wagen schien nicht von der Stelle zu
kommen.
Ein Anti-Vogel schrie in Sternenleere.
Die Albinosonne stand über umspringenden dunklen Seen.

*

Ein Mann wie ein ausgerissener Baum mit krächzendem Laub,
und ein Blitz in Habacht-Stellung sah die raubtierduftende
Sonne hochschlagen zwischen knatternden Flügeln auf der Felsen-

insel der Welt, hervorbrausend hinter Fahnen aus Schaum durch Nacht
und Tag, mit weißen Seevögeln auf dem Deck
schreiend und alle mit Fahrschein zum Chaos.

*

Nur einschlummern muß man, dann hört man deutlich die
Möwen den Sonntag einläuten über das unendliche Kirchspiel des Meeres.
Im Dickicht fängt eine Gitarre zu klimpern an, und die Wolke wandert

langsam, wie der grüne Schlitten des späten Frühlings
– das wiehernde Licht vorgespannt –
angeglitten kommt auf dem Eis.

*

Erwachte mit den Absätzen der Freundin im Traume klackend
und draußen zwei Schneewehen wie die vergessenen Handschuhe des
Winters,
während Flugblätter von der Sonne herunterfielen über die Stadt.

Der Weg nimmt nie ein Ende. Der Horizont eilt vorwärts.
Die Vögel rütteln am Baum. Der Staub wirbelt um die Räder.
Alle rollenden Räder, die dem Tod widersprechen!

Caprichos

Es dunkelt in Huelva: rußige Palmen
und die hastenden silberweißen
Fledermäuse des Zugpfiffs.

Die Straßen haben sich mit Menschen gefüllt.
Und die Dame, die durchs Gedränge eilt, wägt vorsichtig
das letzte Tageslicht auf der Waage ihrer Augen.

Die Fenster des Büros offen. Noch ist zu hören,
wie drinnen das Pferd trampelt.
Das alte Pferd mit den Hufen der Stempel.

Erst nach Mitternacht werden die Straßen leer.
Endlich ist es blau in allen Büros.

Im Raum da oben:
geräuschlos trabend, stiebend und schwarz,
ungesehen und ungebunden,
den Reiter abgeworfen:
ein neues Sternbild, das ich »Pferd« nenne.

II
Siesta

Das Pfingsten der Steine. Und mit sprühenden Zungen …
Die Stadt ohne Schwere im Raum der Mittagsstunde.
Grablegung in siedendem Licht. Die Trommel, sie übertönt
die pochenden Fäuste der eingeschlossenen Ewigkeit.

Der Adler steigt und steigt über die Schlafenden.
Schlaf, wo das Mühlrad geht wie der Donner.
Stampfen von Pferden mit Scheuklappen vor den Augen.
Die pochenden Fäuste der eingeschlossenen Ewigkeit.

Die Schlafenden hängen wie Gewichte in der Uhr der Tyrannen.
Der Adler treibt tot im strömenden weißen Sturzbach der Sonne.
Und widerhallend in der Zeit – wie in Lazarus' Sarg –
die pochenden Fäuste der eingeschlossenen Ewigkeit.

Izmir, drei Uhr

Gleich vornean auf der fast leeren Straße
zwei Bettler, der eine ohne Beine –
der wurde von dem andern auf dem Rücken herumgetragen.

Sie standen – wie auf einem Mitternachtsweg ein Tier,
in die Scheinwerfer des Autos starrend, geblendet dasteht –
einen Augenblick still und fuhren zu gehen fort

und bewegten sich wie Knaben auf einem Schulhof
schnell über die Straße, während die Myriaden von Uhren
der Mittagshitze im Raume tickten.

Blau glitt vorbei an der Reede, flimmernd.
Schwarz kroch und schrumpfte, aus Steinen starrend.
Weiß blies auf zu Sturm in den Augen.

Als drei Uhr unter Hufe getreten war
und das Dunkel in der Wand des Lichtes pochte,
lag die Stadt kriechend an der Tür des Meeres

und glimmend im Zielfernrohr des Geiers.

III
Geheimnisse auf dem Wege

Das Tageslicht traf das Gesicht von einem, der schlief.
Er bekam einen lebhafteren Traum,
erwachte aber nicht.

Das Dunkel traf das Gesicht von einem, der ging
zwischen den andern in den starken, ungeduldigen
Strahlen der Sonne.

Es dunkelte plötzlich wie von einem Sturzregen.
Ich stand in einem Raum, der alle Augenblicke enthielt –
ein Schmetterlingsmuseum.

Und dennoch die Sonne genauso stark wie davor.
Ihre ungeduldigen Pinsel malten die Welt.

Gleise

Zwei Uhr nachts: Mondschein. Der Zug hat angehalten
mitten auf der Ebene draußen. Weit weg Lichtpunkte in einer Stadt,
kalt am Rand des Gesichtskreises flimmernd.

Wie wenn ein Mensch so tief in einen Traum hineingegangen ist,
daß er sich nie erinnern wird, daß er dort war,
wenn er zu seinem Zimmer zurückkehrt.

Und wie wenn ein Mensch so tief in eine Krankheit hineingegangen ist,
daß alles, was seine Tage waren, zu ein paar flimmernden Punkten wird,
    ein Schwarm,
kalt und gering am Rand des Gesichtskreises.

Der Zug steht völlig still.
Zwei Uhr: starker Mondschein, wenige Sterne.

Kyrie

Manchmal schlug mein Leben die Augen im Dunkeln auf.
Ein Gefühl, als zögen Menschenmassen durch die Straßen
in Blindheit und Unruhe unterwegs zu einem Wunder,
während ich unsichtbar stehenbleibe.

Wie das Kind mit Angst einschläft,
auf die schweren Schritte des Herzens lauschend.
Lange, lange bis der Morgen die Strahlen ins Schloß steckt
und die Türen des Dunkels aufgehn.

IV
Ein Mann aus Benin

(Über eine Photographie eines Bronzereliefs,
16. Jahrhundert, aus dem Negerreich Benin;
es stellt einen portugiesischen Juden dar.)

Als das Dunkel einfiel, war ich still,
doch mein Schatten schlug
aufs Trommelfell der Hoffnungslosigkeit.
Als die Schläge langsam erstarben,
sah ich das Bild eines Bildes
eines Mannes, der auf *der* Seite
der Leere hervortrat,
die aufgeschlagen lag.
Als ginge man vorbei an einem Haus,
das seit langem verlassen ist,
und jemand zeigt sich am Fenster.
Ein Fremdling. Er war der Lotse.
Er schien aufmerksam.
Kam näher ohne einen Schritt.
Mit einem Hut, der sich wölbte,
unsere Hemisphäre nachahmend,
am Äquator die Krempe.
Das Haar in zwei Bahnen geteilt.
Der Bart hing gekräuselt
wie Beredsamkeit um den Mund.
Den rechten Arm hielt er gewinkelt.
Er war schmächtig wie der eines Kindes.
Der Falke, der Platz auf seinem Arm
hätte haben müssen, wuchs hervor
in seinen Gesichtszügen.
Er war der Botschafter.
Unterbrochen mitten in einer Rede,

die das Schweigen fortsetzt
mit noch stärkerer Macht.
Drei Stämme schwiegen in ihm.
Er war das Bild dreier Völker.
Ein Jude aus Portugal,
weggesegelt mit den andern,
den treibenden und harrenden,
der zusammengekauerten Schar
in der Karavelle, die ihre
schaukelnde Holzmutter war.
An Land gegangen in einem fremden Duft,
der die Luft flauschig machte.
Auf dem Marktplatz beobachtet
vom Neger-Gießkünstler.
Lange in der Quarantäne seiner Augen.
Wiedergeboren in der Rasse des Metalls:
»Ich bin gekommen, dem zu begegnen,
der seine Lampe hochhebt,
um sich in mir zu sehen.«

Balakirews Traum (1905)

Der schwarze Flügel, die glänzende Spinne,
stand bebend mitten in seinem Netz aus Musik.

Im Konzertsaal wurde ein Land hervorgetönt,
wo die Steine nicht schwerer waren als Tau.

Doch Balakirew schlief ein während der Musik
und träumte einen Traum von der Kutsche des Zaren.

Sie rollte über Pflastersteine einher
geradewegs ins krähenkrächzende Dunkel.

Er saß allein im Wageninnern und sah,
lief aber dennoch nebenher auf dem Weg.

Er wußte, die Reise hatte lange gedauert,
und seine Uhr zeigte Jahre, nicht Stunden.

Ein Feld war, wo der Pflug lag,
und der Pflug war ein abgestürzter Vogel.

Eine Bucht war, wo das Schiff lag,
festgefroren, die Lichter gelöscht, mit Leuten an Deck.

Die Kutsche glitt übers Eis dahin, und die Räder
schnurrten und schnurrten mit einem Geräusch von Seide.

Ein kleineres Kriegsschiff: »Sewastopol«.
Er war an Bord. Besatzungsmitglieder kamen heran.

»Du mußt nicht sterben, wenn du spielen kannst.«
Sie zeigten ihm ein sonderbares Instrument.

Es ähnelte einer Tuba, oder einem Phonographen,
oder einem Teil einer unbekannten Maschine.

Starr vor Entsetzen und hilflos, wußte er: es ist
das Instrument, das die Kriegsschiffe antreibt.

Er wandte sich an den nächsten Matrosen,
zeichnete verzweifelt mit der Hand und bat:

»Mach das Kreuzzeichen wie ich, mach das Kreuzzeichen!«
Der Matrose starrte traurig wie ein Blinder,

streckte die Arme aus, der Kopf sank herab –
er hing wie angenagelt in der Luft.

Die Trommeln schlugen. Die Trommeln schlugen. Applaus!
Balakirew erwachte aus seinem Traum.

Die Flügel des Applauses knatterten im Saal.
Er sah den Mann am Flügel sich erheben.

Draußen lagen die Straßen verdunkelt vom Streik.
Die Kutschen rollten eilig im Dunkeln.

Milij Balakirew
1837–1910, russischer Tonsetzer

V
Nach einem Anfall

Der kranke Junge.
In Gesichte verschlossen,
die Zunge steif wie ein Horn.

Er sitzt mit dem Rücken zu dem Gemälde mit dem Kornfeld.
Der Verband um den Kiefer gemahnt an Einbalsamierung.
Seine Brille ist dick wie die eines Tauchers. Und alles ist ohne Antwort
und heftig, wie wenn im Dunkeln das Telephon klingelt.

Doch das Gemälde dahinter. Es ist eine Landschaft, die Ruhe spendet,
obwohl das Korn ein goldener Sturm ist.
Waschblaublauer Himmel und treibende Wolken. Darunter, im gelben
Schwall,
segeln ein paar weiße Hemden: Schnitter – sie werfen keine Schatten.

Weit weg im Feld steht ein Mann und scheint hierher zu blicken.
Ein breiter Hut verdeckt sein Gesicht.
Er scheint die dunkle Gestalt hier im Zimmer zu betrachten, vielleicht um
Hilfe.
Unmerklich hat das Gemälde sich langsam geweitet und öffnet sich hinter
dem Kranken
und Versunkenen. Es sprüht und hämmert. Jede Ähre ist angezündet,
wie um ihn zu wecken!
Der andre – im Korn – gibt ein Zeichen.

Er ist näher gekommen.
Niemand sieht es.

VI
Die Formeln der Reise
(Vom Balkan '55)

I
Ein Summen von Stimmen hinter dem Pflüger.
Er blickt sich nicht um. Die leeren Felder.
Ein Summen von Stimmen hinter dem Pflüger.
Einer nach dem andern lösen sich die Schatten
und stürzen in den Abgrund des Sommerhimmels.

II
Vier Ochsen kommen unterm Himmel.
Nichts Stolzes an ihnen. Und der Staub dicht
wie Wolle. Die Schreibfedern der Insekten kratzen.

Ein Gewimmel von Pferden, mager wie
auf grauen Allegorien der Pest.
Nichts Mildes an ihnen. Und die Sonne sprüht.

III
Das stallriechende Dorf mit schmalen Hunden.
Der Parteifunktionär auf dem Marktplatz
im stallriechenden Dorf mit weißen Häusern.

Sein Himmel folgt ihm: er ist hoch
und eng wie in einem Minarett.
Das flügelschleifende Dorf auf dem Berghang.

IV
Ein altes Haus hat sich in die Stirn geschossen.
Zwei Jungen treten Ball in der Dämmerung.
Ein Schwarm schwacher Echos. – Plötzlich sternenklar.

V
Unterwegs im langen Dunkel. Eigensinnig schimmert
meine Armbanduhr mit dem gefangnen Insekt der Zeit.

Das vollbesetzte Abteil ist dicht von Stille.
Im Dunkel strömen die Wiesen vorbei.

Aber der Schreiber ist halbwegs in seinem Bild
und bewegt sich darin zugleich als Maulwurf und Adler.

Der halbfertige Himmel

1962

I
Das Paar

Sie machen die Lampe aus, und deren weiße Glocke schimmert
einen Augenblick, eh sie sich auflöst
wie eine Tablette in einem Glas Dunkel. Wird dann emporgehoben.
Die Wände des Hotels schießen hinauf ins Himmelsdunkel.

Die Bewegungen der Liebe sind abgeflaut, und sie schlafen,
doch ihre geheimsten Gedanken begegnen einander,
wie wenn zwei Farben einander begegnen und ineinanderfließen
auf dem nassen Papier in einem Schuljungengemälde.

Es ist dunkel und still. Doch die Stadt ist nähergerückt
heute nacht. Mit abgeschalteten Fenstern. Die Häuser kamen.
Sie stehen sehr nah in zusammengedrängtem Warten,
eine Volksmenge mit ausdruckslosen Gesichtern.

Der Baum und die Wolke

Ein Baum geht umher im Regen,
eilt an uns vorbei im strömenden Grau.
Er hat ein Anliegen. Er holt Leben aus dem Regen
wie eine Amsel in einem Obstgarten.

Als der Regen aufhört, bleibt der Baum stehn.
Aufrecht, still erscheint er in klaren Nächten
wie wir in Erwartung des Augenblicks,
da die Schneeflocken ausschlagen im Raum.

Von Angesicht zu Angesicht

Im Februar stand das Leben still.
Die Vögel flogen nicht gern, und die Seele
schabte an der Landschaft, so wie ein Boot
an dem Steg schabt, wo es vertäut liegt.

Die Bäume standen den Rücken hierher gewandt da.
Die Schneetiefe wurde von toten Halmen gemessen.
Fußspuren alterten auf dem Harsch draußen.
Unter einer Plane kümmerte die Sprache.

Eines Tages trat etwas ans Fenster.
Die Arbeit brach ab, ich blickte auf.
Die Farben brannten. Alles wandte sich um.
Der Boden und ich taten einen Sprung aufeinander zu.

Der Klang

Und die Amsel blies auf die Gebeine der Toten mit ihrem Gesang.
Wir standen unter einem Baum und fühlten die Zeit sinken und sinken.
Kirchhof und Schulhof begegneten und erweiterten sich ineinander wie zwei Ströme im Meer.

Der Klang der Kirchenglocken ging nach oben, getragen vom sanften Hebearm des Segelflugzeugs.
Sie hinterließen eine gewaltigere Stille auf der Erde
und die ruhigen Schritte eines Baumes, die ruhigen Schritte eines Baumes.

Durch den Wald

Eine Stelle, Jakobsmoor genannt,
ist der Keller des Sommertags,
wo das Licht zu einem Getränk versauert,
das nach Alter und Elendsviertel schmeckt.

Die schwachen Riesen stehen dicht verstrickt
da, so daß nichts fallen kann.
Die geknickte Birke vermodert dort
in aufrechter Stellung wie ein Dogma.

Vom Grunde des Waldes steige ich auf.
Es hellt auf zwischen den Stämmen.
Es regnet über meine Dächer.
Ich bin eine Traufe für Eindrücke.

Am Waldrand ist die Luft lau. –
Große Tannen, abgewandt und dunkel,
deren Maul, im Mull der Erde versteckt,
den Schatten eines Regens trinkt.

November mit Abstufungen von edlem Pelzwerk

Gerade daß der Himmel so grau ist,
bringt langsam den Boden selbst zum Leuchten:
die Wiesen mit ihrem scheuen Grün,
die blutkuchendunkle Ackererde.

Die rote Wand einer Scheune gibt es.
Und Felder unter Wasser gibt es
wie blanke Reisfelder in einem Asien –
dort stehen die Möwen und erinnern sich.

Diesige leere Räume mitten im Wald,
die leise gegeneinander klingen.
Inspiration, die verdeckt lebt
und in den Wald flieht wie Nils Dacke.

II
Die Reise

Im Untergrundbahnhof.
Ein Gedränge zwischen Plakaten
in einem starrenden toten Licht.

Der Zug kam und holte
Gesichter und Aktentaschen.

Dunkel, die nächste. Wir saßen
wie Statuen in den Wagen,
die durch die Höhlen gezogen wurden.
Zwänge, Träume, Zwänge.

In Bahnhöfen unterm Meeresspiegel
verkaufte man die Nachrichten des Dunkels.
Leute, jeder in Bewegung, betrübt,
stumm unter den Zifferblättern.

Überkleidung und Seelen
führte der Zug mit sich.

Blicke in alle Richtungen
auf der Reise durch den Berg.
Noch keine Veränderung.

Doch näher an der Oberfläche begannen
die Hummeln der Freiheit zu summen.
Wir stiegen aus der Erde.

Das Land schlug einmal mit den
Flügeln und wurde still
unter uns, weit und grün.

Kornähren wehten herein
über die Bahnsteige.

Die Endstation! Ich fuhr über
die Endstation hinaus mit.

Wie viele waren es noch? Vier,
fünf, kaum mehr.

Häuser, Wege, Wolken,
blaue Förden, Berge
öffneten ihre Fenster.

C-Dur

Als er auf die Straße hinunterkam nach dem Stelldichein,
wirbelte Schnee in der Luft.
Der Winter war gekommen,
während sie miteinander schliefen.
Die Nacht leuchtete weiß.
Er ging schnell vor Freude.
Die ganze Stadt neigte sich.
Vorbeigehendes Lachen –
alle lachten hinter hochgestellten Kragen.
Es war frei!
Und alle Fragezeichen begannen vom Dasein Gottes zu singen.
So schien ihm.

Eine Musik löste sich
und ging in stiebendem Schnee
mit langen Schritten.
Alles auf Wanderung zum C.
Ein bebender Kompaß gerichtet aufs C.
Eine Stunde über den Plagen.
Das war leicht!
Alle lachten hinter hochgestellten Kragen.

Schneeschmelze

Die Morgenluft gab ihre Briefe ab mit Marken, die glühten.
Der Schnee leuchtete, und alle Bürden wurden leichter – ein Kilo wog
700 Gramm, nicht mehr.

Die Sonne war hoch überm Eis, auf der Stelle fliegend, sowohl warm wie
kalt.
Der Wind ging sachte voran, als schöbe er einen Kinderwagen vor sich her.

Die Familien gingen aus, zum erstenmal seit langem sahen sie offnen
Himmel.
Wir befanden uns im ersten Kapitel einer sehr starken Erzählung.

Der Sonnenschein haftete an allen Pelzmützen wie Blütenstaub an den
Hummeln,
und der Sonnenschein haftete am Namen WINTER und blieb daran,
bis der Winter vorbei war.

Ein Stilleben aus Baumstämmen im Schnee machte mich nachdenklich.
Ich fragte sie:
»Kommt ihr mit in meine Kindheit?« Sie antworteten: »Ja.«

Drinnen im Dickicht war ein Gemurmel von Worten zu hören in einer
neuen Sprache:
die Vokale waren blauer Himmel, und die Konsonanten waren schwarze
Zweige, und sie sprachen so leise über den Schnee.

Doch das Düsenflugzeug, das in den Röcken seines Getöses knickste,
machte die Stille auf der Erde an Stärke zunehmen.

Als wir die Inseln wiedersahen

Wenn das Boot draußen sich nähert,
kommt ein Platzregen und macht es blind.
Die Quecksilberkugeln schauern auf dem Wasser.
Das Blaugrau legt sich.

Das Meer ist auch in den Hütten.
Ein Streifen im Dunkel der Diele.
Schwere Schritte im Obergeschoß
und Särge mit frischgebügeltem Lächeln.
Ein indisches Orchester aus Kupfergefäßen.
Ein Säugling mit Augen in Seegang.

(Der Regen verschwindet allmählich.
Der Rauch tut ein paar stolprige Schritte
in der Luft über den Dächern.)

Hier folgt mehr,
was größer ist als Träume.

Der Strand mit den Buden der Erlen.
Ein Plakat mit der Aufschrift KABEL.
Die alte Heide leuchtet
für einen, der geflogen kommt.

Hinter den Klippen reiche Ackerstreifen
und die Vogelscheuche unser Vorposten,
der die Farben zu sich winkt.

Ein stets helles Staunen,
wenn die Insel eine Hand ausstreckt
und mich aus Traurigkeit herauszieht.

Vom Berge

Ich stehe auf dem Berg und blicke über die Förde.
Die Boote ruhn auf der Oberfläche des Sommers.
»Wir sind Schlafwandler. Treibende Monde.«
So sagen die weißen Segel.

»Wir schleichen durch ein schlafendes Haus.
Wir schieben leise die Türen auf.
Wir lehnen uns an die Freiheit.«
So sagen die weißen Segel.

Einmal sah ich die Willen der Welt segeln.
Sie hielten denselben Kurs – eine einzige Flotte.
»Wir sind Vertriebene jetzt. Niemandes Gefolge.«
So sagen die weißen Segel.

III
Espresso

Der schwarze Kaffee auf der Terrasse
mit Stühlen und Tischen prächtig wie Insekten.

Es sind kostbare aufgefangene Tropfen,
gefüllt mit der gleichen Kraft wie Ja und Nein.

Er wird aus dunklen Cafés hinausgetragen
und blickt in die Sonne, ohne zu blinzeln.

Im Tageslicht ein Punkt von wohltuendem Schwarz,
das schnell in einen bleichen Gast ausfließt.

Er ähnelt den Tropfen aus schwarzem Tiefsinn,
die bisweilen von der Seele aufgefangen werden,

die einen wohltuenden Stoß geben: Geh!
Inspiration, die Augen zu öffnen.

IV
Der Palast

Wir traten ein. Ein einziger riesiger Saal,
still und leer, wo die Oberfläche des Fußbodens dalag
wie eine verlassene Eislaufbahn.
Alle Türen geschlossen. Die Luft grau.

Gemälde an den Wänden. Man sah
Bilder leblos wimmeln: Schilde, Waag-
schalen, Fische, kämpfende Gestalten
in einer taubstummen Welt auf der andern Seite.

Eine Skulptur war ausgestellt im Leeren:
einsam mitten im Saal stand ein Pferd,
aber wir bemerkten es erst,
als wir von all dem Leeren eingefangen wurden.

Schwächer als das Rauschen in einer Muschel
waren Geräusche und Stimmen von der Stadt zu hören,
kreisend in diesem öden Raum,
murmelnd und eine Macht suchend.

Auch etwas andres. Etwas Dunkles
stellte sich an die Schwellen
unsrer fünf Sinne, ohne sie zu überschreiten.
Der Sand floß in alle stillen Gläser.

Es war Zeit, sich zu bewegen. Wir gingen
auf das Pferd zu. Es war riesenhaft,
schwarz wie Eisen. Ein Bild der Macht selbst,
das zurückblieb, als die Fürsten gegangen waren.

Das Pferd sprach: »Ich bin der Einzige.
Die Leere, die mich ritt, hab ich abgeworfen.
Dies ist mein Stall. Ich wachse langsam.
Und ich fresse die Stille hier drinnen.«

Syros

Im Hafen von Syros lagen zurückgelassene Handelsschiffe, wartend.
Steven an Steven. Vertäut seit Jahren:
CAPE RION, Monrovia.
KRITOS, Andros.
SCOTIA, Panama.

Dunkle Gemälde auf dem Wasser, man hat sie weggehängt.

Wie Spielsachen aus unsrer Kindheit, die zu Riesen herangewachsen sind
und uns anklagen
für das, was wir nie geworden sind.

XELATROS, Piräus.
CASSIOPEJA, Monrovia.
Das Meer hat sie ausgelesen.

Doch als wir das erstemal nach Syros kamen, es war nachts,
sahen wir Steven an Steven im Mondschein und dachten:
welche mächtige Flotte, leuchtende Verbindungen!

Im Nildelta

Die junge Frau weinte gradewegs in ihr Essen hinunter
im Hotel, nach einem Tag in der Stadt;
da sah sie die Kranken, die krochen und herumlagen,
und Kinder, die vor Not sterben müssen.

Sie und der Mann gingen in ihr Zimmer hinauf,
wo man Wasser versprengt hatte, um allen Schmutz zu binden.
Sie gingen jedes in ihr Bett ohne viele Worte.
Sie fiel in einen schweren Schlaf. Er lag wach.

Im Dunkeln draußen floß ein großer Lärm vorbei.
Murmeln, Trampeln, Rufen, Wagen, Singen.
Es wurde zur Qual. Es hörte nie auf.
Und er schlief ein, zusammengekrümmt zu einem Nein.

Ein Traum kam. Er war auf einer Seereise.
Im grauen Wasser entstand eine Bewegung,
und eine Stimme sagte: »Einen gibt es, der ist gut.
Einen gibt es, der kann alles sehen, ohne zu hassen.«

V
Eine schwimmende dunkle Gestalt

Über eine prähistorische Malerei
an einem Felsen in der Sahara:
eine schwimmende dunkle Gestalt
in einem alten Fluß, der jung ist.

Ohne Waffen und Strategie,
in Ruhe nicht noch in Sprung
und getrennt von seinem eignen Schatten:
der gleitet auf dem Grunde des Stroms.

Er kämpfte, um sich frei zu machen
von einem schlummernden grünen Bild,
um endlich den Strand zu erreichen
und eins zu werden mit seinem eignen Schatten.

Lamento

Er legte die Feder weg.
Sie ruht still auf dem Tisch.
Sie ruht still im leeren Raum.
Er legte die Feder weg.

Zu viel, was sich weder schreiben noch verschweigen läßt!
Er ist gelähmt von etwas, das weit weg geschieht,
obwohl der wunderbare Handkoffer pocht wie ein Herz.

Draußen ist Vorsommer.
Aus dem Grün kommen Pfiffe – Menschen oder Vögel?
Und blühende Kirschbäume streicheln die Lastwagen, die heimgekehrt sind.

Wochen vergehen.
Es wird langsam Nacht.
Die Motten setzen sich auf die Scheibe:
kleine bleiche Telegramme von der Welt.

Allegro

Ich spiele Haydn nach einem schwarzen Tag
und spüre eine einfache Wärme in den Händen.

Die Tasten wollen. Milde Hämmer schlagen.
Der Klang ist grün, lebhaft und still.

Der Klang sagt, daß es die Freiheit gibt
und daß jemand dem Kaiser keine Steuer zahlt.

Ich schiebe die Hände in meine Haydntaschen
und ahme einen nach, der die Welt gelassen betrachtet.

Ich hisse die Haydnflagge – das bedeutet:
»Wir ergeben uns nicht. Sondern wollen Frieden.«

Die Musik ist ein Glashaus am Hang,
wo die Steine fliegen, die Steine rollen.

Und die Steine rollen quer hindurch,
doch jede Fensterscheibe bleibt ganz.

Der halbfertige Himmel

Die Mutlosigkeit unterbricht ihren Lauf.
Die Angst unterbricht ihren Lauf.
Der Geier unterbricht seinen Flug.

Das eifrige Licht fließt hervor,
sogar die Gespenster nehmen einen Schluck.

Und unsre Malereien kommen zutage,
die roten Tiere unsrer Eiszeitateliers.

Alles beginnt sich umzublicken.
Wir gehn in der Sonne zu Hunderten.

Jeder Mensch eine halboffne Tür,
die in ein Zimmer für alle führt.

Der unendliche Boden unter uns.

Das Wasser leuchtet zwischen den Bäumen.

Der Binnensee ist ein Fenster zur Erde.

Nocturne

Ich fahre nachts durch eine Stadt, die Häuser treten hervor
im Scheinwerferlicht – sie sind wach, sie wollen trinken.
Häuser, Scheunen, Schilder, herrenlose Fahrzeuge – jetzt
legen sie das Leben an. – Die Menschen schlafen:

Manche können friedlich schlafen, andre haben gespannte Gesichtszüge,
als lägen sie in hartem Training um die Ewigkeit.
Sie wagen nicht, alles loszulassen, obwohl ihr Schlaf schwer ist.
Sie ruhen wie gesenkte Schlagbäume, wenn das Mysterium vorbeizieht.

Draußen vor der Stadt verläuft der Weg lange durch die Bäume des Waldes.
Und die Bäume die Bäume schweigend in Eintracht miteinander.
Sie haben eine theatralische Farbe, die im Feuerschein ist.
Wie deutlich ihr Laub ist! Sie begleiten mich bis nach Hause.

Ich liege da und bin kurz vorm Einschlafen, ich sehe unbekannte Bilder
und Zeichen, die sich hinter den Augenlidern selbst an die Wand
des Dunkels kritzeln. In den Spalt zwischen Wachheit und Traum
versucht ein großer Brief sich vergebens zu drängen.

Eine Winternacht

Der Sturm setzt seinen Mund ans Haus
und bläst, um sich einzuspielen.
Ich schlafe unruhig, drehe mich, lese
schlummernd den Text des Sturmes.

Doch die Augen des Kindes sind groß im Dunkeln,
und der Sturm, der winselt für das Kind.
Beide mögen schwingende Lampen.
Beide sind auf halbem Wege zur Sprache.

Der Sturm hat kindliche Hände und Flügel.
Die Karawane geht durch nach Lappland.
Und das Haus spürt sein Sternbild aus Nägeln,
welche die Wände zusammenhalten.

Die Nacht ist still über unserm Fußboden
(wo alle verklungenen Schritte
ruhen wie versunkenes Laub in einem Teich),
doch draußen ist die Nacht wild!

Über die Welt geht ein ernsterer Sturm.
Der setzt seinen Mund an unsre Seele
und bläst, um sich einzuspielen. Wir fürchten,
daß der Sturm uns leerbläst.

Klänge und Spuren

1966

Porträt mit Kommentar

Hier ist ein Porträt eines Mannes, den ich kannte.
Er sitzt am Tisch, die Zeitung aufgeschlagen.
Die Augen sinken zu hinter der Brille.
Der Anzug ist mit dem Schimmer des Nadelwaldes gewaschen.

Es ist ein bleiches und halbfertiges Gesicht. –
Doch flößte er stets Vertrauen ein. Deshalb
scheute man sich, ihm nahezutreten
und dabei vielleicht auf ein Unglück zu stoßen.

Sein Vater verdiente Geld wie Tau.
Dennoch ging keiner ganz sicher zu Hause –
man hatte ein Gefühl, als brächen fremde Gedanken
nachts in die Villa ein.

Die Zeitung, der große schmutzige Schmetterling,
der Stuhl und der Tisch und das Gesicht ruhen.
Das Leben ist stehengeblieben in großen Kristallen.
Aber laßt es ruhig stehen einstweilen!

*

Was ich in ihm bin, ruht.
Es besteht. Er spürt nicht nach,
und deshalb lebt es und besteht.

Was bin ich? Manchmal vor langer Zeit
kam ich für einige Sekunden ganz nahe
an das, was ICH ist, was ICH ist, was ICH ist.

Aber grade, als ich ICH erblickte,
verschwand ICH, und ein Loch entstand,
und durch das fiel ich wie Alice.

Lissabon

Im Stadtteil Alfama sangen die gelben Straßenbahnen in den Steigungen.
Zwei Gefängnisse gab es. Eins war für die Diebe.
Sie winkten durch die Gitterfenster.
Sie schrien, sie wollten photographiert werden!

»Aber hier«, sagte der Schaffner und kicherte wie ein Gespaltener,
»hier sitzen Politiker.« Ich sah die Fassade, die Fassade, die Fassade
und hoch oben an einem Fenster einen Mann,
der mit einem Fernglas vor den Augen dastand und übers Meer
hinausblickte.

Die Wäsche hing im Blauen. Die Mauern waren heiß.
Die Fliegen lasen mikroskopische Briefe.
Sechs Jahre später fragte ich eine Dame aus Lissabon:
»Ist das wahr, oder habe ich es geträumt?«

Aus einem afrikanischen Tagebuch (1963)

Auf den Bildern des kongolesischen Straßenmalers
bewegen die Gestalten sich dünn wie Insekten, beraubt ihrer Menschenkraft.

Es ist der schwere Übergang zwischen zwei Arten zu leben.
Wer angekommen ist, hat weit zu gehen.

Ein junger Mann fand den Ausländer, der sich zwischen den Hütten verirrt hatte.
Er wußte nicht: wollte er ihn als Freund haben oder als Erpressungsobjekt?
Die Unschlüssigkeit regte ihn auf. Sie schieden in Verwirrung.

Die Europäer halten sich sonst an das Auto, als wär's die Mama.
Die Zikaden sind stark wie Rasierapparate. Das Auto fährt nach Hause.
Bald kommt das schöne Dunkel, das sich der schmutzigen Kleider annimmt. Schlaf.
Wer angekommen ist, hat weit zu gehen.

Vielleicht hilft ein Zugvogelstrich aus Händeschütteln.
Vielleicht hilft es, aus den Büchern die Wahrheit hinauszulassen.
Es ist nötig, weiterzugehen.

Der Student lernt nachts, lernt und lernt, um frei zu werden
und sich nach der Prüfung zu einer Stufe für den Nächsten zu verwandeln.
Ein schwerer Übergang.
Wer angekommen ist, hat weit zu gehen.

Grate

Mit einem Seufzer beginnen die Aufzüge zu steigen
in Hochhäusern empfindlich wie Porzellan.
Es wird ein heißer Tag auf dem Asphalt draußen.
Die Verkehrszeichen haben gesenkte Augenlider.

Das Land eine Steigung zum Himmel.
Grat um Grat, kein richtiger Schatten.
Wir fliegen voran auf der Jagd nach Dir
durch den Sommer in Cinemascope.

Und am Abend liege ich wie ein Schiff
mit gelöschten Lichtern, in passendem Abstand
von der Wirklichkeit, während die Besatzung
in den Parks umherschwärmt dort an Land.

Hommages

Ging die antipoetische Mauer entlang.
Die Mauer. Nicht hinüberblicken.
Sie will unser erwachsenes Leben umgeben
in der Routinestadt, der Routinelandschaft.

Eluard berührte einen Knopf,
und die Mauer öffnete sich,
und der Garten zeigte sich.

Früher ging ich mit dem Milcheimer durch den Wald.
Lila Stämme auf allen Seiten.
Ein alter Scherz hing da drinnen,
genauso schön wie ein Votivschiff.

Der Sommer las aus dem Pickwick-Klub vor.
Das schöne Leben, ein gemütlicher Wagen
voll aufgeregter Gentlemen.

Schließ die Augen, wechsle Pferde.

In der Not kommen kindliche Gedanken.
Wir saßen am Krankenbett und baten
um eine Pause im Terror, eine Bresche,
durch welche die Pickwickier einziehen könnten.

Schließ die Augen, wechsle Pferde.

Es ist leicht, Bruchstücke zu lieben,
die lange unterwegs gewesen sind.
Inschriften auf Kirchenglocken
und Sprichwörter quer über Heiligenfiguren
und mehrtausendjährigen Samen.

Archilochos! – Keine Antwort.

Die Vögel strichen über die Borsten des Meeres.
Wir schlossen uns ein mit Simenon
und spürten den Geruch des Menschenlebens,
in das die Feuilletons münden.

Spür den Geruch von Wahrheit.

Das offene Fenster ist stehengeblieben
vor den Baumwipfeln hier
und dem Abschiedsbrief des Abendhimmels.

Shiki, Björling und Ungaretti
mit den Kreiden des Lebens auf der Tafel des Todes.
Das Gedicht, das völlig möglich ist.

Ich blickte hinauf, als die Zweige schwankten.
Weiße Möwen fraßen schwarze Kirschen.

Die Formeln des Winters

I

Ich schlief ein in meinem Bett
und erwachte unterm Kiel.

Morgens um vier Uhr,
wenn die saubergeschabten Knochen des Daseins
kalt miteinander umgehn.

Ich schlief ein zwischen den Schwalben
und erwachte zwischen den Adlern.

II

Im Laternenschein ist das Eis der Straße
glänzend wie Schmalz.

Es ist nicht Afrika.
Es ist nicht Europa.
Es ist nirgendwo anders als »hier«.

Und was »ich« war,
ist bloß ein Wort
im Munde des Dezemberdunkels.

III

Die Pavillons der Anstalt,
ausgestellt im Dunkeln,
leuchten wie Fernsehschirme.

Eine versteckte Stimmgabel
in der großen Kälte
verbreitet ihren Ton.

Ich stehe unterm Sternenhimmel
und spüre, wie die Welt
in meinen Mantel ein- und auskriecht
wie in einen Ameisenhaufen.

IV
Drei schwarze Eichen aus dem Schnee.
So grob, aber fingerfertig.
Aus ihren riesigen Flaschen
wird das Grün schäumen im Frühling.

V
Der Bus kriecht durch den Winterabend.
Er leuchtet wie ein Schiff im Tannenwald,
wo die Straße ein enger tiefer toter Kanal ist.

Wenige Passagiere: einige alte und einige sehr junge.
Hielte er an und machte die Scheinwerfer aus –
die Welt würde ausgelöscht.

Morgenvögel

Ich wecke das Auto,
dessen Windschutzscheibe mit Blütenstaub überzogen ist.
Ich setze die Sonnenbrille auf.
Der Vogelgesang dunkelt.

Während ein andrer Mann eine Zeitung kauft
auf dem Bahnhof
in der Nähe eines großen Güterwagens,
der um und um rot ist vor Rost
und flimmernd in der Sonne steht.

Keine Leerräume irgendwo hier.

Quer durch die Frühlingswärme ein kalter Korridor,
durch den jemand eilends kommt
und erzählt, man habe ihn verleumdet
bis hinauf in die Direktion.

Durch eine Hintertür in der Landschaft
kommt die Elster
schwarz und weiß. Hels Vogel.
Und die Amsel, die sich kreuz und quer bewegt,
bis alles eine Kohlezeichnung wird,
außer den weißen Sachen auf der Wäscheleine:
ein Palestrina-Chor:

Keine Leerräume irgendwo hier.

Phantastisch zu spüren, wie mein Gedicht wächst,
während ich selber schrumpfe.
Es wächst, nimmt meinen Platz ein.
Es verdrängt mich.
Es wirft mich aus dem Nest.
Das Gedicht ist fertig.

Über die Geschichte

I

An einem Tag im März geh ich zum See hinunter und lausche.
Das Eis ist ebenso blau wie der Himmel. Es bricht auf unter der Sonne.
Die Sonne, die auch in ein Mikrophon unter der Eisdecke flüstert.
Es gluckst und gärt. Und weit draußen scheint jemand ein Laken
 auszuschütteln.
Alles zusammen ähnelt der Geschichte: unserem JETZT. Wir sind versenkt,
 wir lauschen.

II

Konferenzen wie fliegende Inseln, so nahe dem Stürzen …
Danach: eine lange schwankende Brücke von Kompromissen.
Dort soll der ganze Verkehr laufen, unter den Sternen,
unter den bleichen Gesichtern der Ungebornen,
hinausgeworfen in den leeren Raum, anonym wie Reiskörner.

III

Goethe reiste 1926 in Afrika, als Gide verkleidet, und sah alles.
Manche Gesichter werden deutlicher von allem, was sie nach dem Tode
 zu sehn bekommen.
Als die Nachrichten aus Algerien verlesen wurden,
trat ein großes Haus hervor, dessen Fenster alle verdunkelt waren,
alle bis auf eins. Und dort sah man Dreyfus' Gesicht.

IV

Radikal und Reaktionär leben zusammen wie in einer unglücklichen Ehe,
geprägt voneinander, abhängig voneinander.
Doch wir, die wir ihre Kinder sind, müssen uns losreißen.
Jedes Problem ruft nach seiner eigenen Sprache.
Wo die Wahrheit herumgetrampelt ist, da lauf wie ein Spürhund!

V

Im Gelände draußen, nicht weit von der Ansiedlung,
liegt seit Monaten eine vergessene Zeitung voller Ereignisse.
Sie altert Nächte und Tage hindurch in Regen und Sonne,
dabei, eine Pflanze zu werden, ein Kohlkopf, dabei, mit dem Boden
eins zu werden.
So wie eine Erinnerung sich langsam zu dir selbst verwandelt.

Einsamkeit

I

Hier wäre ich an einem Abend im Februar beinah umgekommen.
Das Auto rutschte auf dem Glatteis seitlich weg,
auf die falsche Seite der Straße. Die entgegenkommenden Autos –
ihre Scheinwerfer – kamen näher.

Mein Name, meine Töchter, mein Beruf
lösten sich und blieben hinten still zurück,
immer weiter weg. Ich war anonym
wie ein Junge auf einem Schulhof, umgeben von Feinden.

Der Gegenverkehr hatte riesige Lichter.
Sie strahlten mich an, während ich lenkte und lenkte
in einem durchsichtigen Schrecken, der wie Eiweiß rann.
Die Sekunden wuchsen – man bekam darin Platz –
sie wurden groß wie Krankenhausgebäude.

Fast konnte man anhalten
und ein Weilchen verschnaufen,
bevor man zerquetscht wurde.

Da entstand ein Halt: ein helfendes Sandkorn
oder ein wundersamer Windstoß. Das Auto kam frei
und kroch schnell quer über die Straße.
Ein Pfosten schoß auf und zerknickte – ein scharfes Geräusch – er
flog weg ins Dunkel.

Bis es still wurde. Ich hing im Gurt
und sah, wie jemand durchs Schneetreiben kam,
um zu sehn, was mit mir geschehen war.

II

Lange bin ich umhergelaufen
auf Östergötlands gefrorenen Feldern.
Kein Mensch war in Sicht.
In andern Teilen der Welt
gibt es solche, die geboren werden, leben, sterben
in einem ständigen Menschengedränge.

Immer sichtbar zu sein – in
einem Schwarm von Augen zu leben –
muß einen besondern Gesichtsausdruck geben.
Gesicht überzogen mit Lehm.

Das Gemurmel steigt und fällt,
während sie unter sich
den Himmel, die Schatten, die Sandkörner aufteilen.

Ich muß allein sein
zehn Minuten morgens
und zehn Minuten abends.
– Ohne Programm.

Alle stehen bei allen Schlange.

Viele.

Einer.

In den Randgebieten der Arbeit

Mitten während der Arbeit
beginnen wir, uns wild nach wildem Grün zu sehnen,
nach dem Ödland selbst, durchdrungen nur
von der dünnen Zivilisation der Telephondrähte.

*

Der Mond der Freizeit kreist um den Planeten Arbeit
mit dessen Masse und Schwere. – So wollen sie es.
Wenn wir auf dem Heimweg sind, spitzt der Boden die Ohren.
Die Unterwelt belauscht uns über die Grashalme.

*

Auch an diesem Arbeitstag gibt es eine private Stille.
Wie in einem rauchigen Binnenland, wo ein Kanal läuft:
Das SCHIFF zeigt sich unerwartet mitten im Verkehr
oder gleitet hinter der Fabrik hervor, ein weißer Landstreicher.

*

Eines Sonntags geh ich an einem ungestrichenen Neubau vorbei,
der vor einer grauen Wasserfläche steht.
Er ist halbfertig. Das Holz hat dieselbe helle Farbe
wie die Haut eines Badenden.

*

Außerhalb der Lampen ist die Septembernacht durch und durch schwarz
Wenn sich die Augen gewöhnen, hellt es sich leicht auf
über Feldern, wo große Schnecken vorwärts gleiten
und die Pilze zahlreich sind wie die Sterne.

Nach jemandes Tod

Es war einmal ein Schock,
der hinterließ einen langen, bleichen, schimmernden Kometenschweif.
Er beherbergt uns. Er macht die Fernsehbilder verschwommen.
Setzt sich als kalte Tropfen auf die Überlandleitungen.

Noch immer kann man auf Skiern vorwärts rutschen
durch Gehölz, an dem noch das Vorjahrslaub hängt.
Aus alten Telephonbüchern herausgerissenen Blättern ähnelt es –
die Namen der Teilnehmer von der Kälte verschluckt.

Noch immer ist es schön, sein Herz klopfen zu spüren.
Doch oft fühlt sich der Schatten wirklicher an als der Körper.
Der Samurai sieht unbedeutend aus
neben seiner Rüstung aus schwarzen Drachenschuppen.

Oklahoma

I

Der Zug hielt tief im Süden an. In New York lag Schnee.
Hier konnte man den ganzen Tag in Hemdsärmeln gehn.
Doch keiner war draußen. Nur die Autos
flogen in ihrem Lichtschein vorbei, fliegende Untertassen.

II

»Wir Schlachtfelder, die wir stolz sind
auf unsre vielen Toten …«,
sagte eine Stimme, während ich erwachte.

Der Mann hinterm Ladentisch sagte:
»Ich versuche nicht, es zu verkaufen,
ich versuche nicht, es zu verkaufen,
ich will bloß, daß Sie es sehen.«
Und er zeigte die Beile der Indianer.

Der Junge sagte:
»Ich weiß, daß ich ein Vorurteil habe,
ich will es nicht behalten, Sir.
Was halten Sie von uns?«

III

Dieses Motel ist eine fremde Schale. Mit einem Mietauto
(ein großer weißer Diener vor der Tür)
fast ohne Gedächtnis und ohne Beruf
kann ich endlich auf meinen Mittelpunkt zusinken.

Sommerebene

Man hat soviel gesehn.
Die Wirklichkeit hat so sehr an einem gezehrt,
doch hier ist endlich der Sommer:

ein Großflugplatz – der Flugleiter holt
Ladung nach Ladung fröstelnder
Menschen herunter aus dem Luftraum.

Das Gras und die Blumen – hier landen wir.
Das Gras hat einen grünen Chef.
Ich melde mich an.

Wolkenbruch überm Binnenland

Der Regen hämmert auf die Dächer der Autos.
Das Gewitter grollt. Der Verkehr läuft langsamer.
Mitten am Sommertag werden die Scheinwerfer angemacht.

In den Schornsteinen schlägt der Rauch nach unten.
Alles Lebende kauert sich zusammen, schlummert.
Eine Bewegung nach innen, fühl das Leben stärker.

Das Auto ist fast blind. Er hält an,
macht ein privates Feuer und raucht,
während das Wasser die Fenster entlangfließt.

Hier auf einem Waldweg, der sich abseits schlängelt,
nahe einem See mit Wasserrosen
und einem langen Berg, der im Regen verschwindet.

Dort oben liegen die Steinhaufen
aus der Eisenzeit, als das hier ein Platz
für Stammeskämpfe war, ein kälterer Kongo,

und die Gefahr Vieh und Menschen zusammentrieb
zu einer murmelnden Mitte hinter den Mauern,
hinter Gestrüpp und Steinen auf dem Berggrat.

Eine dunkle Böschung, jemand, der sich schwerfällig,
den Schild auf dem Rücken, nach oben bewegt –
daran denkt er, während das Auto steht.

Es wird heller, er kurbelt die Scheibe herunter.
Ein Vogel pfeifplaudert vor sich hin
in einem schon dünneren leisen Regen.

Die Fläche des Sees ist gespannt. Der Gewitterhimmel flüstert
durch die Wasserrosen hinunter zum Schlamm.
Das Fenster des Waldes öffnet sich langsam.

Doch das Gewitter schlägt direkt aus der Stille!
Ein betäubendes Krachen. Und danach Leere,
worein die letzten Tropfen sinken.

Im Schweigen hört er eine Antwort kommen.
Von weit her. Eine Art grober Kinderstimme.
Ein Brüllen steigt vom Berge auf.

Ein Lärm aus zusammengewachsenen Tönen.
Eine heisere lange Trompete aus der Eisenzeit.
Vielleicht aus seinem eigenen Innern.

Unter Druck

Das Motorengetös des blauen Himmels ist stark.
Wir sind auf einem bebenden Arbeitsplatz,
wo plötzlich die Meerestiefe erscheinen kann –
Muscheln und Telephone rauschen.

Das Schöne kann man nur eilig von der Seite sehen.
Die dichte Saat auf dem Acker, viele Farben in einem gelben Strom.
Die unruhigen Schatten in meinem Kopf werden dorthin gezogen.
Sie wollen in die Saat hineinkriechen und zu Gold verwandelt werden.

Das Dunkel fällt ein. Um Mitternacht geh ich zu Bett.
Das kleinere Boot wird vom größeren Boot ausgesetzt.
Man ist allein auf dem Wasser.
Der dunkle Rumpf der Gesellschaft treibt immer weiter weg.

Offene und geschlossene Räume

Ein Mann befühlt die Welt mit dem Beruf wie mit einem Handschuh.
Mitten am Tage ruht er ein Weilchen aus und hat die Handschuhe aufs
Regal abgelegt.
Dort wachsen sie plötzlich, breiten sich aus
und verdunkeln das ganze Haus von innen.

Das verdunkelte Haus ist draußen mitten zwischen den Frühlingswinden.
»Amnestie« geht das Flüstern im Gras: »Amnestie«.
Ein Junge rennt mit einer unsichtbaren Schnur, die schräg in den Himmel
hinaufgeht,
wo sein wilder Traum von der Zukunft fliegt wie ein Drache, größer als
die Vorstadt.

Weiter weg sieht man von einer Höhe aus den unendlichen blauen
Nadelwaldteppich,
wo die Wolkenschatten
stillstehn.
Nein, vorwärts fliegen.

Ein Künstler im Norden

Ich, Edward Grieg, bewegte mich als ein freier Mann unter Menschen.
Ich scherzte fleißig, las die Zeitungen, reiste und fuhr.
Ich leitete das Orchester.
Der Saal mit seinen Lampen, vor Triumph bebend wie die Zugfähre, wenn sie gerade anlegt.

Ich habe mich hierherauf zurückgezogen, um mich an der Stille zu stoßen.
Mein Arbeitszimmer ist klein.
Der Flügel hat es darin genauso zum Anschaben eng wie die Schwalbe unter der Dachpfanne.

Die schönen steilen Hänge schweigen meist.
Eine Durchfahrt gibt es nicht,
aber eine Luke gibt es, die manchmal geöffnet wird,
und ein seltsam sickerndes Licht direkt vom Troll.

Reduziere!

Und der Hammerschlag im Berge kam
kam
kam
kam in einer Frühlingsnacht in unser Zimmer,
als der Schlag des Herzens verkleidet.

Im Jahr, bevor ich sterbe, werde ich vier Psalmen ausschicken, um Gott aufzuspüren.
Doch es beginnt hier.
Ein Lied von dem, was nahe ist.

Was nahe ist.

Schlachtfelder in uns,
wo wir Totengebeine
kämpfen, um lebendig zu werden.

Im Freien

I

Spätherbstlabyrinth.
Am Eingang zum Wald eine weggeworfene leere Flasche.
Geh hinein. Um solche Jahreszeit ist der Wald ein stiller verlassener Saal.
Nur wenige Arten von Geräuschen: als legte jemand mit einer Pinzette vorsichtig Zweige um,
oder ein Scharnier, das leise in einem dicken Stamm drinnen wimmert.
Der Frost hat die Pilze behaucht, und sie sind geschrumpft.
Sie ähneln Gegenständen und Kleidungsstücken, die man von Verschwundenen findet.
Jetzt kommt die Dämmerung. Es heißt hinausfinden
und seine Orientierungspunkte wiedersehen: das rostige Gerät auf dem Acker draußen
und das Haus auf der andern Seite des Sees, ein rotbraunes Viereck, stark wie ein Brühwürfel.

II

Ein Brief aus Amerika setzte mich in Gang, trieb mich in einer hellen Nacht
im Juni hinaus auf leere Straßen in der Vorstadt,
zwischen neugeborene Viertel ohne Gedächtnis, kühl wie Bauzeichnungen.

Der Brief in der Tasche. Unseliges wütendes Wandern, es ist eine Art Fürbitte.
Bei euch hat Gut und Böse wirklich Gesichter.
Was bei uns meist ein Kampf ist zwischen Wurzeln, Ziffern, Schattierungen.

Die das Geschäft des Todes besorgen, scheuen das Tageslicht nicht.
Sie herrschen aus gläsernen Wohnungen. Sie wimmeln im Sonnenglast.
Sie lehnen sich über die Theke vor und verdrehen den Kopf.
Weit weg bleibe ich zufällig vor einer der neuen Fassaden stehn.
Viele Fenster, die zu einem einzigen Fenster verfließen.

Das Licht des Nachthimmels wird dort eingefangen und das Wandern der Baumkronen.
Es ist ein spiegelnder See ohne Wellen, aufgerichtet in der Sommernacht.

Gewalt wirkt unwirklich
für kurze Zeit.

III

Die Sonne brennt. Das Flugzeug geht tiefer hinab
und wirft einen Schatten in Gestalt eines großen Kreuzes, das auf dem Boden vorwärtseilt.
Ein Mensch sitzt auf dem Feld und wühlt.
Der Schatten kommt.
Für den Bruchteil einer Sekunde ist er mitten im Kreuz.

Ich habe das Kreuz gesehn, das in kühlen Kirchengewölben hängt.
Manchmal ähnelt es einer Momentaufnahme
von etwas in heftiger Bewegung.

Langsame Musik

Das Gebäude ist geschlossen. Die Sonne dringt durch die Fensterscheiben
und erwärmt die Oberseite der Schreibtische,
die schwer genug sind, das Gewicht der Menschenschicksale zu tragen.

Wir sind draußen heute, auf dem langen weiten Hang.
Viele tragen dunkle Kleider. Man kann in der Sonne stehen und dösen
und spüren, wie man langsam vorwärts treibt.

Ich komme zu selten bis ans Wasser. Aber jetzt bin ich hier,
zwischen großen Steinen mit friedlichen Rücken.
Steine, die langsam rückwärts heraufgewandert sind aus den Wellen.

Nachtsicht

1970

Der Name

Ich werde schläfrig während der Autofahrt und fahre unter die Bäume neben der Straße. Rolle mich auf dem Rücksitz zusammen und schlafe. Wie lange? Stunden. Das Dunkel ist schon eingefallen.

Plötzlich bin ich wach und erkenne mich nicht wieder. Hellwach, aber das hilft nicht. Wo bin ich? WER bin ich? Ich bin etwas, das auf einem Rücksitz erwacht, in Panik umhertobt wie eine Katze in einem Sack. Wer?

Endlich kehrt mein Leben wieder. Mein Name kommt wie ein Engel. Außerhalb der Mauern ertönt ein Trompetensignal (wie in der Leonorenouvertüre), und die rettenden Schritte kommen rasch rasch die viel zu lange Treppe herunter. Das bin ich! Das bin ich!

Aber unmöglich, die fünfzehn Sekunden Kampf in der Hölle des Vergessens zu vergessen, ein paar Meter von der Landstraße entfernt, wo der Verkehr mit angeschalteten Lichtern vorbeigleitet.

Einige Minuten

Die niedrige Kiefer im Moor hält ihren Wipfel hoch: ein dunkler Fetzen.
Doch was man sieht, ist nichts
gegen die Wurzeln, das gespreizte, versteckt kriechende, unsterbliche
oder halbsterbliche
Wurzelsystem.

Ich, du, sie, er verzweigen sich auch.
Außerhalb dessen, was man will.
Außerhalb von Metropolis.

Aus dem milchweißen Sommerhimmel fällt ein Regen.
Es ist, als wären meine fünf Sinne an ein anderes Wesen angeschlossen,
das sich genauso eigensinnig bewegt
wie die hellgekleideten Läufer in einem Stadion, wo das Dunkel
herunterrieselt.

Atempause Juli

Wer rücklings unter den hohen Bäumen liegt,
ist auch da oben. Er strömt in Tausende von Zweigen aus,
schaukelt hin und her,
sitzt in einem Schleudersitz, der in Zeitlupentempo wegfliegt.

Wer unten an den Bootsstegen steht, blinzelt den Wassern zu.
Die Bootsstege altern schneller als Menschen.
Sie haben silbergraues Holz und Steine im Magen.
Das blendende Licht schlägt tief hinein.

Wer den ganzen Tag in offenem Boot
über die glitzernden Buchten fährt,
wird schließlich in einer blauen Lampe einschlummern,
während die Inseln über das Glas kriechen wie große Nachtfalter.

Mit dem Fluß

Bei Gesprächen mit Zeitgenossen sah und hörte ich hinter ihren
Gesichtern
die Strömung,
die lief und lief und Willige wie Unwillige mit sich zog.

Und das Geschöpf mit verklebten Augen,
das mit dem Strom mitten im Fluß gehen will,
wirft sich geradewegs nach vorn, ohne zu beben,
in einem wütenden Hunger nach Einfachheit.

Immer reißenderes Wasser zieht

wie dort, wo der Fluß schmaler wird und übergeht in den
Wildbach – der Platz, wo ich Rast machte
nach einer Reise durch trockne Wälder

an einem Juniabend: der Transistor bringt das Neueste
über die Sondersitzung: Kossygin, Eban.
Einige wenige Gedanken bohren verzweifelt.
Einige wenige Menschen drüben im Dorf.

Und unter der Hängebrücke stürzen die Wassermassen

vorbei. Hier kommt das Flößerholz. Einige Stämme
steuern wie Torpedos geradeaus. Andre legen sich
quer, kreiseln träge und hilflos dahin,

und einige schnüffeln sich zu den Ufern des Flusses,
steuern zwischen Steine und Stauholz hinein, verkeilen sich
und türmen sich dort auf wie gefaltete Hände,
reglos im Tosen …
sah und hörte ich von der Hängebrücke
in einer Wolke von Mücken,

mit einigen Jungen zusammen. Ihre Fahrräder
im Grün vergraben – nur die Hörner
staken heraus.

Randgebiet

Männer in Overalls von der gleichen Farbe wie der Boden kommen aus
einem Graben heraus.
Es ist ein Übergangsgebiet, toter Punkt, weder Stadt noch Land.
Die Baukräne am Horizont wollen den großen Sprung tun, die Uhren aber
wollen nicht.
Herumliegende Zementrohre schlabbern das Licht mit trockenen Zungen.
Karosseriewerkstätten, untergebracht in ehemaligen Kuhställen.
Die Steine werfen die Schatten scharf wie Gegenstände auf der
Mondoberfläche.
Und diese Plätze wachsen einfach.
Wie das, was man für Judas' Geld kaufte: »Der Töpfersacker zum Begräbnis
für Fremdlinge.«

Verkehr

Der Fernlaster mit Anhänger kriecht durch den Nebel
und ist ein großer Schatten der Libellenlarve,
die sich im Schlamm auf dem Grunde des Sees bewegt.

Scheinwerfer begegnen einander in einem triefenden Wald.
Man kann das Gesicht des andern nicht sehen.
Der Lichtfluß stürzt durch die Baumnadeln.

Wir kommen – Schatten, Fahrzeuge – aus allen Richtungen
in der Dämmerung, gehen hintereinander her,
aneinander vorbei, gleiten vorwärts in leisegestelltem Lärm

auf der Ebene draußen, wo die Industrien brüten
und die Gebäude jährlich zwei Millimeter
einsinken – der Boden verschluckt sie langsam.

Nicht identifizierte Pfoten hinterlassen ihre Abdrücke
auf dem blankesten Produkt, das hier hervorgeträumt wird.
Die Samen versuchen, im Asphalt zu leben.

Aber erst die Kastanienbäume, düster, als
rüsteten sie zu einer Blüte von Eisenhandschuhen
statt weißer Kolben, und hinter ihnen

die Büros der Firma – eine defekte Leuchtröhre
blinkt blinkt. Auch eine Geheimtür ist da. Mach auf!
und blick in das umgedrehte Periskop

nach unten, auf die Mündungen, auf die tiefen Rohre,
wo die Algen wachsen wie die Bärte der Toten
und der Säuberer in seinem Anzug aus Schleim

mit immer matteren Schwimmstößen treibt, dem Ersticken nah.
Und niemand weiß, wie es weitergeht, nur daß die Kette
reißt und wieder zusammengefügt wird, immer.

Nachtdienst

I
Heute nacht bin ich unten beim Ballast.
Ich bin eines der schweigenden Gewichte,
die den Kutter am Kentern hindern!
Undeutliche Gesichter im Dunkeln wie Steine.
Sie können bloß fauchen: »Faß mich nicht an.«

II
Andre Stimmen drängen sich vor, der Hörer
gleitet wie ein schmaler Schatten am Radio
über das selbstleuchtende Band von Sendern.
Die Sprache marschiert im Gleichschritt mit den Bütteln.
Deshalb müssen wir eine neue Sprache suchen.

III
Der Wolf ist da, der Freund aller Stunden,
und er berührt das Fenster mit seiner Zunge.
Das Tal ist voll kriechender Axtstiele.
Das Dröhnen des Nachtflugzeugs fließt über den Himmel
träge, wie von einem Rollstuhl mit eisernen Rädern.

IV
Die Stadt wird aufgegraben. Doch jetzt ist es still.
Unter den Ulmen auf dem Friedhof:
ein leerer Bagger. Der Greifer gegen den Boden –
die Geste eines, der überm Tisch eingeschlummert ist,
vor sich die Faust. – Glockenläuten.

Das offene Fenster

Ich stand und rasierte mich eines Morgens
vorm offenen Fenster,
eine Treppe hoch.
Schaltete den Rasierapparat an.
Der begann zu summen.
Surrte stärker und stärker.
Wuchs zu einem Dröhnen.
Wuchs zu einem Hubschrauber,
und eine Stimme – die des Piloten – drang
durch das Dröhnen, schrie:
»Halt die Augen offen!
Du siehst es zum letztenmal.«
Wir hoben ab.
Flogen tief über den Sommer.
So vieles, was mir gefiel, hat es Gewicht?
Dutzendweise Dialekte aus Grün.
Und besonders das Rot der Holzhauswände.
Die Käfer glänzten im Mist, in der Sonne.
Keller, mit den Wurzeln herausgezogen,
kamen durch die Luft.
Tätigkeit.
Die Druckpressen wälzten sich.
Eben jetzt waren die Menschen
die einzigen, die still waren.
Sie hielten eine Schweigeminute.
Und besonders die Toten auf dem Landfriedhof
waren still,
so wie man in den Kinderjahren der Kamera für ein Bild still saß.
Flieg tief!
Ich wußte nicht, wohin, ich
drehte meinen Kopf –
mit geteiltem Blickfeld
wie ein Pferd.

Präludien I–III

I

Ich scheue vor etwas, das quer durch den Schneeregen geschlittert
kommt.
Bruchstücke dessen, was kommen wird.
Eine abgebrochene Wand. Etwas ohne Augen. Hart.
Ein Gesicht aus Zähnen!
Eine einsame Wand. Oder ist das Haus da,
obwohl ich es nicht sehe?
Die Zukunft: eine Armee aus leeren Häusern,
die im Schneeregen ihren Weg suchen.

II

Zwei Wahrheiten nähern sich einander. Eine kommt von innen, eine
kommt von außen,
und wo sie sich treffen, hat man eine Chance, sich selbst zu sehen.

Wer merkt, was grade geschieht, ruft verzweifelt: »Stehenbleiben!
Egal, was passiert – wenn ich nur mich selbst nicht erkennen muß.«

Und ein Boot ist da, das anlegen will – es genau hier versucht –
es wird Tausende von Malen versuchen müssen.

Aus dem Dunkel des Waldes kommt ein langer Bootshaken, wird durch
das offene Fenster geschoben,
zwischen die Partygäste, die sich warmgetanzt haben.

III

Die Wohnung, in der ich den größten Teil meines Lebens gewohnt habe, muß ausgeräumt werden. Sie ist jetzt von allem entleert. Der Anker hat sich gelöst – obwohl noch immer Trauer herrscht, ist es die leichteste Wohnung in der ganzen Stadt. Die Wahrheit braucht keine Möbel. Ich bin einmal um das Leben gereist und zum Ausgangspunkt zurückgekehrt: ein leergeblasenes Zimmer. Dinge, die ich mitgemacht habe, zeigen sich an den Wänden wie ägyptische Malereien, Szenen im Innern einer Grabkammer. Doch verblassen sie immer mehr. Das Licht ist nämlich zu stark. Die Fenster sind größer geworden. Die leere Wohnung ist ein großes Fernrohr, das auf den Himmel gerichtet wird. Es ist still wie eine Quäker-Andacht. Was zu hören ist, sind die Tauben der Hinterhöfe, ihr Gurren.

Aufrecht

In einem Augenblick von Konzentration gelang es mir, das Huhn zu fangen, ich hielt es in den Händen. Sonderbar, es fühlte sich nicht recht lebendig an: starr, trocken, ein alter federgeschmückter weißer Damenhut, der Wahrheiten aus dem Jahre 1912 hinausschrie. Das Gewitter hing in der Luft. Von den Brettern stieg ein Duft auf, wie wenn man ein Photoalbum aufschlägt, so alt, daß man die Porträts nicht mehr identifizieren kann.

Ich trug das Huhn zur Einzäunung und ließ es los. Es wurde plötzlich sehr lebendig, erkannte sich wieder und sprang den Regeln gemäß. Der Hühnerhof ist voller Tabus. Aber der Boden ringsum ist voller Liebe und Zähigkeit. Zur Hälfte von Grün überwachsen, eine niedrige Steinmauer. Wenn es dämmert, fängt die hundertjährige Wärme von den Händen, die sie bauten, aus den Steinen zu leuchten an.

Der Winter war schwer, aber jetzt ist Sommer, und der Boden will uns aufrecht haben. Frei, aber achtsam, wie wenn man in einem schmalen Boot steht. Eine Erinnerung aus Afrika taucht auf: am Ufer des Schari, viele Boote, eine sehr freundliche Stimmung, die fast blau-schwarzen Menschen mit drei parallelen Narben auf jeder Wange (der SARA-Stamm). Ich bin willkommen an Bord – ein Kanu aus dunklem Holz. Es ist erstaunlich wackelig, auch wenn ich mich hinhocke. Ein Balanceakt. Wenn das Herz links sitzt, muß man den Kopf ein Stück nach rechts lehnen, nichts in den Taschen, keine großen Gesten, jegliche Rhetorik ist unmöglich hier. Das Kanu gleitet hinaus aufs Wasser.

Der Bücherschrank

Er wurde aus der Wohnung der toten Frau geholt. Einige Tage stand er leer, leer, bis ich ihn mit Büchern füllte, all den gebundenen, den schweren. Damit hatte ich die Unterwelt hereingelassen. Etwas kam von unten, stieg langsam und unerbittlich wie eine riesige Quecksilbersäule. Man durfte den Kopf nicht wegdrehen.

Die dunklen Bände, verschlossene Gesichter. Sie ähneln den Algeriern, die am Zonengrenzübergang Friedrichstraße standen und darauf warteten, daß die Volkspolizei die Pässe prüfte. Mein eigener Paß lag dann lange zwischen den Glaskäfigen. Und der Nebel, der an diesem Tag in Berlin herrschte, herrscht auch im Bücherschrank. Eine alte Verzweiflung herrscht darin, es schmeckt nach Passendale und dem Versailler Frieden, es schmeckt noch älter. Die schweren schwarzen Scharteken – ich komme auf sie zurück: in Wirklichkeit sind sie so etwas wie Pässe, und so dick sind sie deshalb, weil man so viele Stempel angesammelt hat durch die Jahrhunderte. Offenbar kann das Gepäck gar nicht schwer genug sein, wenn man reist, jetzt, wo es losgeht, wo man endlich …

All die alten Historiker sind da, sie dürfen heraufsteigen und in unsere Familie hereinschauen. Nichts ist zu hören, aber die Lippen bewegen sich die ganze Zeit hinter der Glasscheibe (»Passendale …«). Man muß an eine ältliche Behörde denken (jetzt kommt eine reine Gespenstergeschichte), ein Gebäude, wo Bildnisse längst gestorbener Männer hinter Glas hängen, und eines Morgens war das Glas innen beschlagen. Sie hatten in der Nacht zu atmen begonnen.

Der Bücherschrank ist noch mächtiger. Die Blicke über die Zonengrenze! Eine schimmernde Haut, die schimmernde Haut eines dunklen Flusses, worin das Zimmer sich spiegeln muß. Und man darf den Kopf nicht wegdrehen.

Pfade

1973

An Freunde hinter einer Grenze

I

Ich habe so kärglich an euch geschrieben. Doch was ich nicht schreiben
konnte,
schwoll und schwoll an wie ein altmodisches Luftschiff
und glitt schließlich durch den Nachthimmel davon.

II

Jetzt ist der Brief beim Zensor. Er macht seine Lampe an.
Im Lichtschein stieben meine Worte auf wie Affen an ein Gitter,
rütteln daran, werden still und zeigen die Zähne!

III

Lest zwischen den Zeilen. In zweihundert Jahren werden wir uns treffen,
wenn die Mikrophone in den Hotelwänden vergessen sind und endlich
schlafen, endlich Orthoceren werden dürfen.

Aus der Schneeschmelze '66

Stürzendes stürzendes Wasser, Getös, alte Hypnose.
Der Fluß überschwemmt den Autofriedhof, glitzert
hinter den Masken.
Ich greife fest um das Brückengeländer.
Die Brücke: ein großer eiserner Vogel, der vorbeisegelt am Tode.

Skizze im Oktober

Der Schleppdampfer ist sommersprossig vor Rost. Was tut er hier, so tief im Lande drinnen?
Er ist eine schwere erloschene Lampe in der Kälte.
Aber die Bäume haben wilde Farben. Signale zum anderen Ufer!
Als wollten welche geholt werden.

Auf dem Wege nach Haus sehe ich die Tintenpilze durch die Grasnarbe schießen.
Sie sind die hilfesuchenden Finger von einem,
der lange vor sich hingeschluchzt hat im Dunkeln dort unten.
Wir gehören der Erde.

Weiter hinein

Auf der großen Einfallstraße in die Stadt,
wenn die Sonne tief steht.
Der Verkehr wird dichter, kriecht.
Er ist ein träger Drache, der glitzert.
Ich bin eine Schuppe des Drachen.
Plötzlich steht die rote Sonne
mitten vor meiner Windschutzscheibe
und strömt herein.
Ich werde durchleuchtet,
und eine Schrift wird sichtbar
in mir,
Worte in unsichtbarer Tinte,
die hervortreten,
wenn das Papier übers Feuer gehalten wird!
Ich weiß, daß ich weit weg muß,
quer durch die Stadt und weiter
dann, bis es soweit ist, hinauszugehen
und lange im Wald zu wandern.
Auf den Spuren des Dachses zu wandeln.
Es wird dunkel, schwer zu sehen.
Dort, im Moos, liegen Steine.
Einer der Steine ist kostbar.
Er kann alles verwandeln,
er kann das Dunkel leuchten machen.
Er ist ein Schalter für das ganze Land.
Alles hängt von ihm ab.
Ihn sehen, ihn anfassen …

Der Posten

Ich werde auf einen Haufen aus Steinen beordert
wie eine vornehme Leiche aus der Eisenzeit.
Die andern bleiben im Zelt und schlafen,
ausgestreckt wie Speichen in einem Rad.

Im Zelt herrscht der Ofen: eine große Schlange,
die eine Kugel aus Feuer verschlungen hat und faucht.
Aber in der Frühlingsnacht hier draußen ist es still,
zwischen kalten Steinen, die des Lichtes harren.

Hier in der Kälte draußen fange ich zu fliegen an
wie ein Schamane, ich fliege zu ihrem Leib
mit den weißen Stellen vom Badeanzug –
wir lagen mitten in der Sonne. Das Moos war warm.

Ich streiche an warmen Augenblicken entlang,
kann aber nicht lange dabei bleiben.
Sie pfeifen mich durch den Raum zurück –
ich krieche zwischen den Steinen voran. Hier und jetzt.

Auftrag: dort zu sein, wo man ist.
Auch in der lächerlichen todernsten
Rolle – ich bin genau die Stelle,
wo die Schöpfung an sich selbst arbeitet.

Es wird Tag, die spärlichen Baumstämme
haben jetzt Farben, die frostbenagten
Frühlingsblumen durchkämmen leise die Gegend
auf der Suche nach jemand, der im Dunkel verschwunden ist.

Aber dort zu sein, wo man ist. Und zu warten.
Ich bin ängstlich, eigensinnig, verwirrt.
Kommende Ereignisse, es gibt sie schon!
Ich fühle es. Sie sind draußen:

eine murmelnde Menschenmenge außerhalb der Sperre.
Sie können nur einer nach dem andern passieren.
Sie wollen herein: Warum? Sie kommen
einer nach dem andern. Ich bin das Drehkreuz.

Am Radius entlang

I
Der eisbedeckte Fluß strahlt von Sonne,
hier ist das Dach der Welt,
das Schweigen.

Ich sitze auf einem umgekippten an Land gezogenen Boot,
nehme die Droge des Schweigens ein,
schnurre leise.

II
Ein Rad dehnt sich unendlich aus, wird gedreht.
Hier ist die Mitte, steht
fast still.

Weiter draußen ist die Bewegung zu spüren: die Schritte im Schnee,
die Schrift, die an den Fassaden
entlangrutscht.

Der wimmelnde Verkehr auf den Autobahnen
und der schweigsame Verkehr
von Gespenstern.

Weiter draußen: die Tragödienmasken im Gegenwind,
im Tosen der Eile – weiter draußen:
der Andrang

wo die letzten Worte von Liebe verdunsten –
die Wassertropfen, die auf den Stahlflügeln
kriechen –

Profile, die rufen – die abgehängten Kopfhörer
klappern aneinander –
Kamikaze!

III

Der eisbedeckte Fluß glitzert und schweigt.
Tief liegen hier die Schatten,
ohne Stimme.

Meine Schritte hierher waren Explosionen im Boden,
die das Schweigen übermalt,
übermalt.

Bodendurchschauend

Die weiße Sonne fließt in den Smog hinaus.
Das Licht tropft, es tastet sich hinab

zu meinen untersten Augen, die tief
unter der Stadt ruhen und nach oben blicken,

die Stadt von unten sehen: Straßen, Unterseiten von Häusern
ähneln Luftaufnahmen einer Stadt im Krieg,

obschon umgekehrt – ein Maulwurfsphoto:
stille Vierecke in tiefen Farben.

Dort werden die Beschlüsse gefaßt. Die Knochen der Toten
sind von denen der Lebenden nicht zu unterscheiden.

Das Sonnenlicht nimmt an Umfang zu, strömt
in die Flugzeugkabinen und die Erbsenschoten.

Dezemberabend '72

Hier komme ich, der Unsichtbare, vielleicht von einem großen Gedächtnis
dazu bestellt, gerade jetzt zu leben, und ich fahre vorbei

an der wieder versperrten weißen Kirche – darin steht ein Heiligenbild
aus Holz,
lachend, hilflos, als hätte man ihm die Brille weggenommen.

Er ist einsam. All das andre ist jetzt, jetzt, jetzt. Die Schwerkraft, die uns
hinunterdrückt
tagsüber zur Arbeit und auf das Bett nachts. Der Krieg.

Die auseinandergetriebene Versammlung

I
Wir machten mit und zeigten unsere Häuser.
Der Besucher dachte: ihr wohnt schön.
Der Slum aber ist in euch.

II
In der Kirche drinnen: Gewölbe und Pfeiler
weiß wie Gips, wie der Gipsverband
um den gebrochenen Arm des Glaubens.

III
In der Kirche drinnen ist der Bettlerteller,
der sich von selbst vom Boden erhebt
und die Bankreihen entlanggeht.

IV
Aber die Kirchenglocken müssen unter die Erde gehen.
Sie hängen in den Kloakenrohren.
Sie läuten unter unseren Schritten.

V
Der Schlafwandler Nikodemus auf dem Weg
zu der Anschrift. Wer hat die Anschrift?
Weiß nicht. Aber dahin gehen wir.

Später Mai

Apfelbaum und Kirschbaum blühn, helfen dem Ort, in der sanften
schmutzigen Mainacht zu schweben, weiße Schwimmweste, die Gedanken
gehen weit.
Kraut und Unkraut mit stillen eigensinnigen Flügelschlägen.
Der Briefkasten leuchtet ruhig, das Geschriebene läßt sich nicht
zurücknehmen.

Milder kühler Wind geht durch das Hemd und tastet nach dem Herzen.
Apfelbaum und Kirschbaum, sie lachen leise über Salomo,
sie blühen in meinem Tunnel. Ich brauche sie
nicht zum Vergessen, sondern zum Erinnern.

Elegie

Ich öffne die erste Tür.
Ein großes sonnenerleuchtetes Zimmer ist es.
Ein schweres Auto fährt auf der Straße vorbei
und bringt das Porzellan zum Zittern.

Ich öffne Tür zwei.
Freunde! Ihr trankt das Dunkel
und wurdet sichtbar.

Tür drei. Ein enges Hotelzimmer.
Aussicht auf eine Gasse.
Eine Laterne, die auf dem Asphalt glitzert.
Erfahrungen: ihre schönen Schlacken.

Ostseen

1974

I

Es war vor der Zeit der Funkmasten.

Großvater war gerade Lotse geworden. In seinen Notizkalender trug er die Schiffe ein, die er lotste –
Name, Zielhafen, Tiefgang.
Beispiele aus dem Jahre 1884:
Dampfsch. Tiger Kapt. Rowan 16 Fuß Hull Gefle Furusund
Brigg Ocean Kapt. Andersen 8 Fuß Sandefjord Hernösand Furusund
Dampfsch. St. Petersburg Kapt. Libenberg 11 Fuß Stettin Libau Sandhamn

Er brachte sie in die Ostsee, durch das wunderbare Labyrinth von Inseln und Wasser.
Und die einige Stunden oder Tage lang an Bord zusammenkamen und vom selben Schiffsrumpf getragen wurden,
wie gut lernten sie einander kennen?
Gespräche in falschbuchstabiertem Englisch, Einverständnis und Mißverständnis, aber wenig bewußtes Lügen.
Wie gut lernten sie einander kennen?

Wenn dichter Nebel war: halbe Fahrt, kaum Orientierungssicht. Aus dem Unsichtbaren kam die Landzunge mit einem einzigen Schritt und war ganz nahebei.
Heulende Signale jede zweite Minute. Die Augen lasen direkt im Unsichtbaren.
(Hatte er das Labyrinth im Kopf?)
Die Minuten vergingen.
Untiefen und Felseninselchen memoriert wie Psalmenverse.
Und dieses Gefühl: »genau hier sind wir«, das man erhalten muß, wie wenn man ein randvolles Gefäß trägt und nichts verschüttet werden darf.
Ein Blick in den Maschinenraum.
Die Compound-Maschine, langlebig wie ein Menschenherz, arbeitete mit großen, weich federnden Bewegungen – stählerne Akrobaten, und die Düfte stiegen herauf wie aus einer Küche.

II

Der Wind geht durch den Tannenwald. Es rauscht schwer und leicht.
Auch mitten auf der Insel rauscht die Ostsee, tief im Walde ist man draußen auf offener See.
Die alte Frau haßte das Rauschen in den Bäumen. Ihr Gesicht wurde starr vor Melancholie, wenn Sturm aufkam:
»Man muß an die auf dem Wasser draußen denken.«
Aber sie hörte im Rauschen noch etwas anderes, genau wie ich, wir sind Verwandte.
(Wir gehen miteinander. Sie ist gut dreißig Jahre tot.)
Es rauscht Ja und Nein, Einverständnis und Mißverständnis.
Es rauscht drei Kinder gesund, eines im Sanatorium und zwei tot.
Der große Zugwind, der manchen Flammen Leben einbläst und andere ausbläst.
Die Bedingungen.
Es rauscht: errette mich, Herr, denn die Wasser gehen mir bis an den Leib.
Lange geht man und lauscht und gerät dann an einen Punkt, wo die Grenzen sich öffnen
oder vielmehr
wo alles Grenze wird. Ein offener Platz in Dunkel getaucht. Die Menschen strömen aus den schwach erleuchteten Gebäuden ringsum. Es raunt.

Ein neuer Windstoß, und wieder liegt der Platz verlassen und still.
Ein neuer Windstoß, es rauscht von anderen Stränden.
Es handelt vom Kriege.
Es handelt von Orten, wo die Bürger unter Kontrolle stehen,
wo die Gedanken mit Notausgängen gebaut werden,
wo ein Gespräch unter Freunden wirklich zum Test wird für das, was Freundschaft bedeutet.
Und wenn man mit denen zusammen ist, die man nicht so gut kennt. Kontrolle. Eine gewisse Aufrichtigkeit ist angebracht,
wenn man nur nicht aus dem Blick verliert, was am Rande des Gesprächs treibt: etwas Dunkles, ein dunkler Fleck.
Etwas, das hereintreiben
und alles zerstören kann. Verlier es nicht aus dem Blick!

Womit soll man es vergleichen? Mit einer Mine?
Nein, das wäre zu handfest. Und fast zu friedlich – denn an unseren Küsten gehen die meisten Berichte über Minen glücklich aus, das Grauen zeitlich begrenzt.
Wie in dieser Geschichte vom Feuerschiff: »Im Herbst 1915 schlief man unruhig …« usw. Eine Treibmine wurde gesichtet,
als sie langsam auf das Feuerschiff zutrieb; sie hob und senkte sich, bald von den Brechern verdeckt, bald auftauchend wie ein Spitzel in einer Menschenmenge.
Die Besatzung lag voll Angst da und schoß mit Gewehren danach. Umsonst. Schließlich ließ man ein Boot hinunter
und befestigte ein langes Seil an der Mine und bugsierte sie behutsam und lange zu den Experten.
Später stellte man das dunkle Gehäuse der Mine als Schmuck in einer sandigen Anlage auf
zusammen mit den Gehäusen des *Strombus gigas* aus Westindien.

Und der Meereswind geht weiter weg durch die trockenen Tannen, hat es eilig überm Sande des Friedhofs,
an den Steinen vorbei, die sich neigen, mit den Namen der Lotsen. Das trockene Rauschen
von großen Toren, die sich öffnen
und sich schließen.

III

Im halbdunklen Eck der gotländischen Kirche, in milde schimmeligem Licht steht ein Taufbecken aus Sandstein – 12. Jahrhundert – der Name des Steinmetzen
ist erhalten, er leuchtet auf
wie eine Zahnreihe in einem Massengrab:
HEGWALDR
der Name erhalten.

Und seine Bilder
hier und auf den Wänden andrer Gefäße, Menschengewimmel, Gestalten unterwegs aus dem Stein heraus.
Die Augenkerne aus Bosheit und Güte schwellen da an.
Herodes am Tisch: der gebratene Hahn fliegt auf und kräht: »Christus natus est« – der Diener wurde hingerichtet –
daneben wird das Kind geboren, unter Trauben von Gesichtern, würdig und hilflos wie die von jungen Affen.
Und die fliehenden Schritte der Gläubigen,
widerhallend über den Mäulern drachenschuppiger Abflußrohre.
(Die Bilder stärker im Gedächtnis, als wenn man sie direkt sieht, am stärksten,
wenn sich das Becken wie ein langsam rumpelndes Karussell im Gedächtnis dreht.)

Nirgends Lee. Überall Gefahr.
Wie es war. Wie es ist.

Nur drinnen ist Friede, im Wasser dort, das keiner sieht,
doch auf den Außenwänden tobt der Kampf.
Und der Friede kann tropfenweise kommen, vielleicht nachts,
wenn wir nichts wissen,
oder wie wenn man in einem Krankenzimmer am Tropf hängt.

Menschen, Bestien, Ornamente.
Es gibt keine Landschaft. Ornamente.

Mr. B***, mein Reisegefährte, liebenswert, landflüchtig,
von Robben Island entlassen, sagt:
»Ich beneide Sie. Ich habe kein Gefühl für Natur.
Aber eine Landschaft mit Menschen, das sagt mir etwas.«

Hier ist eine Landschaft mit Menschen.
Ein Photo aus dem Jahre 1865. Die Dampfschaluppe liegt an der Schiffsbrücke im Sund.
Fünf Gestalten. Eine Dame in heller Krinoline, wie eine Schelle, eine Blume.

Die Männer sehen aus wie Statisten in einem Bauernschwank.
Alle sind schön, zögernd, im Begriff, ausgelöscht zu werden.
Für kurze Zeit gehen sie an Land. Sie werden ausgelöscht.
Die Dampfschaluppe, ein ausgestorbenes Modell –
hoher Schlot, Sonnendach, schmaler Rumpf –
sie ist völlig fremd, ein gelandetes UFO.
Alles andere auf dem Photo ist schockierend wirklich:
das Gekräusel des Wassers,
der Strand gegenüber –
mit der Hand kann ich über die rauhen Berghänge streichen,
kann das Rauschen in den Tannen hören.

Es ist nah. Es ist
heute.
Die Wellen sind aktuell.

Jetzt, hundert Jahre später. Die Wellen kommen von No man's water herein
und schlagen gegen die Steine.
Ich gehe am Strand entlang. Es ist nicht so, wie es einmal war, am Strand entlangzugehen.
Zu vielem muß man sich öffnen, zuviele Gespräche auf einmal führen, man hat dünne Wände.
Jedes Ding hat hinter dem gewohnten Schatten einen neuen Schatten bekommen,
und man hört ihn schleifen, auch wenn es ganz dunkel ist.

Es ist Nacht.

Das strategische Planetarium dreht sich. Die Linsen starren ins Dunkel.
Der Nachthimmel ist voller Zahlen, und sie werden eingefüttert
in einen blitzenden Schrank,
ein Möbel,
darin wohnt die Energie eines Heuschreckenschwarms, der innerhalb einer halben Stunde mehrere Morgen Somaliland kahl frißt.

Ich weiß nicht, ob wir am Anfang oder im letzten Stadium stehen.
Die Zusammenfassung läßt sich nicht geben, die Zusammenfassung ist unmöglich.
Die Zusammenfassung ist die Alraune –
(siehe das Lexikon des Aberglaubens:
ALRAUNE
wundertätige Pflanze,
die einen so grauenvollen Schrei ausstieß, wenn sie aus der Erde gerissen wurde,
daß man tot umfiel. Ein Hund mußte es tun …)

IV

Von der Leeseite,
Nahaufnahmen.

Blasentang. Im klaren Wasser leuchten die Tangwälder, sie sind jung, man will dahin auswandern, sich der Länge nach auf sein Spiegelbild legen und bis in eine gewisse Tiefe sinken – der Tang, der sich mit Luftblasen oben hält, wie wir uns mit Ideen oben halten.

Groppe. Der Fisch, der die Kröte ist, die ein Schmetterling werden wollte und der das zu einem Drittel gelungen ist, versteckt sich im Seegras, wird aber mit Netzen heraufgezogen, festgehakt an seinen pathetischen Zacken und Warzen – die Tanne wirft einen Schatten, er wandert langsam wie ein Stundenzeiger – klaubt man ihn aus den Netzmaschen heraus, schimmern die Hände vor Schleim.

Die Felsplatte. Draußen auf den sonnenwarmen Flechten rennt das Kleingetier, eilig wie Sekundenzeiger – die Tanne wirft einen Schatten, der wandert langsam wie ein Stundenzeiger – in mir steht die Zeit still, endlos viel Zeit, so viel Zeit, wie man braucht, alle Sprachen zu vergessen und das Perpetuum mobile zu erfinden.

Auf der Leeseite kann man das Gras wachsen hören: ein schwaches Trommeln von unten, ein schwaches Dröhnen von Millionen kleiner Gasflammen, so ist es, das Gras wachsen zu hören.

Und jetzt: die Wasserweite, ohne Türen, die offene Grenze,
die sich immer breiter auswächst,
je weiter man sich streckt.

Es gibt Tage, da ist die Ostsee ein stilles endloses Dach.
Da träume naiv von Einem, der auf das Dach gekrochen kommt und versucht, die Flaggenschnüre zu entwirren,
versucht, den Fetzen
hochzukriegen –

die Fahne, die vom Wind so zerrieben und von den Schornsteinen so verräuchert und von der Sonne so gebleicht ist, daß sie allen gehören kann.
Doch bis Liepāja ist es weit.

V

30. Juli. Das Inselmeer ist exzentrisch geworden – heut wimmelt es erstmals seit Jahren von Quallen, gemächlich und behutsam pumpen sie sich voran, sie gehören zur selben Reederei: AURELIA, sie treiben wie Blumen nach einem Meeresbegräbnis; nimmt man sie aus dem Wasser, so verlieren sie jede Form, wie wenn eine unbeschreibbare Wahrheit aus dem Schweigen gehoben und zu totem Gelee formuliert wird, ja, sie sind unübersetzbar, sie müssen in ihrem Element bleiben.

2. August. Etwas will gesagt werden, aber die Worte lassen sich nicht darauf ein.
Etwas, das nicht gesagt werden kann,
Aphasie,
Worte gibt es nicht, aber vielleicht einen Stil …

Es kommt vor, daß man nachts aufwacht
und rasch ein paar Worte schreibt

auf das nächstliegende Papier, auf den Rand einer Zeitung
(die Worte strahlen vor Bedeutung!)
aber morgens: dieselben Worte besagen nichts mehr, Gekritzel, Versprecher.
Oder Bruchstücke des großen nächtlichen Stils, der vorüberzog?

Die Musik kommt zu einem Menschen, er ist Komponist, wird gespielt,
macht Karriere, wird Leiter des Konservatoriums.
Die Konjunktur schlägt um, er wird von den Behörden verurteilt.
Zum Hauptankläger bestellt man seinen Schüler K***.
Er wird bedroht, abgesetzt, abgeschoben.
Einige Jahre darauf läßt die Ungnade nach, er wird rehabilitiert.
Da kommt die Gehirnblutung: rechtsseitige Lähmung mit Aphasie, kann
nur kurze Sätze erfassen, spricht verkehrte Worte.
Kann also nicht von Erhöhung oder Verurteilung betroffen werden.
Aber die Musik hat sich erhalten, er komponiert weiterhin in seinem
eigenen Stil,
er wird zur medizinischen Sensation in der Zeit, die ihm zu leben bleibt.
Er schrieb Musik zu Texten, die er nicht mehr verstand –
auf die gleiche Weise
drücken wir in dem summenden Chor von Versprechern
etwas mit unserem Leben aus.

Die Todesvorlesungen fanden mehrere Semester lang statt. Ich besuchte sie
zusammen mit den Kameraden, die ich nicht kannte
(wer seid ihr?)
– später ging ein jeder seines Weges, Profile.

Ich schaute zum Himmel auf und zu Boden und geradeaus
und schreibe seither einen langen Brief an die Toten
auf einer Maschine, die kein Farbband hat, nur einen Horizontstreifen,
so daß die Worte vergebens schlagen und nichts haftet.

Ich stehe mit der Hand auf der Türklinke, nehme den Puls des Hauses.
Die Wände sind so voller Leben
(die Kinder wagen nicht, im Zimmer oben allein zu schlafen – was mir
Geborgenheit gibt, macht sie unruhig).

3. August. Durchs feuchte Gras draußen
gleitet ein Gruß aus dem Mittelalter: die Weinbergschnecke,
der subtil graugelb schimmernde Schneck mit seinem schwankenden Haus,
von Mönchen eingeführt, die *escargots* mochten – ja, die Franziskaner waren hier,
brachen Stein und brannten Kalk, 1288 wurde die Insel ihre, Schenkung von König Magnus
(»Dise gebûren unt ires gelîchen / die treffen în itzt im himmelrîche«)
der Wald fiel, die Öfen brannten, der Kalk wurde zu den
Klostergebäuden verschifft …
Bruder Schneck
steht fast still im Gras, die Fühler werden eingezogen
und ausgerollt, Störungen und Zögern …
Wie er mir ähnelt in seinem Suchen!

Der Wind, der den ganzen Tag so genau blies
– auf den äußersten Felseninselchen sind die Strohhalme alle gezählt –
hat sich hier auf der Insel langsam gelegt. Die Streichholzflamme steht senkrecht.
Seestück und Waldstück dunkeln zusammen.
Auch das Grün der Fünfetagenbäume wird schwarz.
»Jeder Sommer ist der letzte.« Das sind leere Worte
für die Geschöpfe in der Spätsommer-Mitternacht,
wo die Grillen wie besessen Nähmaschine spielen
und die Ostsee nah ist
und der einsame Wasserhahn sich zwischen den Heckenrosenbüschen erhebt
wie ein Reiterstandbild. Das Wasser schmeckt nach Eisen.

VI

Großmutters Geschichte, ehe sie vergessen wird: ihre Eltern sterben jung,
der Vater zuerst. Als die Witwe fühlt, daß die Krankheit auch sie dahinraffen wird,
geht sie von Haus zu Haus, segelt von Insel zu Insel

mit ihrer Tochter: »Wer kann sich Marias annehmen.« Ein fremdes Haus auf der anderen Seite des Inselmeers nimmt sie auf. Dort können sie sich das leisten.
Doch die das konnten, waren nicht die Guten. Die Maske der Frömmigkeit zerplatzt.

Marias Kindheit endet vor der Zeit, sie geht als Magd ohne Lohn
in ständiger Kälte. Viele Jahre. Die ständige Seekrankheit
während der langen Ruderfahrten, der feierliche Terror
bei Tisch, die Mienen, die Hechthaut, die im Munde
knirscht: sei dankbar, sei dankbar.
Sie blickte nie zurück,
doch gerade deshalb konnte sie das Neue sehen
und es packen.
Weg aus der Umzingelung!
Ich erinnere mich an sie. Ich schmiegte mich an sie,
und im Augenblick des Todes (des Hinübergehens?) schickte sie einen Gedanken hinaus,
so daß ich – der Fünfjährige – begriff, was geschehen war,
eine halbe Stunde, ehe sie anriefen.

Ich erinnere mich an sie. Aber auf dem nächsten braunen Photo
ist der Unbekannte –
der Kleidung nach in die Mitte des vorigen Jahrhunderts zu datieren.
Ein Mann um die dreißig: die kräftigen Augenbrauen,
das Gesicht, das mir gerade in die Augen blickt
und flüstert: »Hier bin ich.«
Aber es gibt niemand, der sich erinnert,
wer »ich« ist. Niemand.

Tb? Isolierung?

Einmal blieb er auf dem
steinigen, grasdampfenden Hang von der See stehen
und fühlte die schwarze Binde vor den Augen.

Hier, hinter dichtem Gebüsch – ist es das älteste Haus auf der Insel?
Das niedrige kreuzbalkengezimmerte Bootshaus aus grauzottigem schwerem Holz.
Und das moderne Messingschloß ist wieder um alles zugeschnappt, leuchtet wie der Ring in der Nase eines alten Stiers,
der sich aufzustehen weigert.
Soviel zusammengekrochenes Holz. Auf dem Dach die uralten Pfannen, die kreuz und quer übereinandergerutscht sind
(das ursprüngliche Muster durch die Jahre hindurch von der Erdumdrehung zerrüttet)
es erinnert an etwas … ich war da … warte: der alte Judenfriedhof in Prag ist es,
wo die Toten dichter aufeinander leben als im Leben, die Steine dicht dicht.
Soviel umzingelte Liebe! Die Dachpfannen mit den Schriftzeichen der Flechten in einer unbekannten Sprache
sind die Grabsteine auf dem Getto-Friedhof der Schärenbewohner, die Steine errichtet und eingesunken. –
Der Schuppen
leuchtet von allen, die durch eine gewisse Welle, einen gewissen Wind
hier hinausgeführt wurden zu ihren Schicksalen.

Die Wahrheitsbarriere

1978

I
Citoyens

In der Nacht nach dem Unfall träumte ich von einem blatternarbigen Mann,
der singend durch die Gassen ging.
Danton!
Nicht der andere – Robespierre macht solche Spaziergänge nicht.
Robespierre macht morgens sorgfältig eine Stunde lang Toilette,
die übrige Zeit widmet er dem Volk.
Im Paradies der Pamphlete, unter den Maschinen der Tugend.
Danton –
oder derjenige, der seine Maske trug –
stand wie auf Stelzen.
Ich sah sein Gesicht von unten:
wie der narbige Mond,
halb in Licht, halb in Trauer.
Ich wollte etwas sagen.
Eine Schwere in der Brust: das Gewicht,
das die Uhren zum Gehen bringt,
die Zeiger dazu bringt, sich zu drehen: Jahr I, Jahr II …
Ein strenger Geruch wie vom Sägemehl in den Tigerkäfigen.
Und – wie immer im Traum – keine Sonne.
Aber die Mauern leuchteten
in den Gassen, die sich abwärts
zum Warteraum krümmten, dem gekrümmten Raum,
dem Warteraum, wo wir alle …

Die Übergangsstelle

Eisiger Wind gegen die Augen, und die Sonnen tanzen
im Kaleidoskop der Tränen, wenn ich die Straße
kreuze, die mir so lange gefolgt, die Straße,
wo der Grönlandsommer aus den Pfützen leuchtet.

Rings um mich schwärmt die ganze Kraft der Straße,
die sich an nichts erinnert und nichts will.
Im Boden tief unter dem Verkehr wartet
der ungeborene Wald still tausend Jahre lang.

Mir kommt die Vorstellung, daß die Straße mich sieht.
Ihr Blick ist so finster, daß sogar die Sonne
ein graues Knäuel in einem schwarzen Weltraum wird.
Aber gerade jetzt leuchte ich! Die Straße sieht mich.

Die Lichtung

Mitten im Wald liegt eine unerwartete Lichtung, die nur von dem gefunden werden kann, der sich verlaufen hat.

Die Lichtung ist umschlossen von einem Wald, der sich selbst erstickt. Schwarze Stämme mit den aschgrauen Bartstoppeln der Flechten. Die dicht zusammengeschraubten Bäume sind tot sogar in den Wipfeln oben, wo einige vereinzelte grüne Zweige das Licht berühren. Darunter: Schatten, der über Schatten brütet, das Moor, das wächst.

Doch auf dem offenen Platz ist das Gras sonderbar grün und lebendig. Hier liegen große Steine, wie geordnet. Es müssen die Grundsteine eines Hauses sein, vielleicht irre ich mich. Wer hat hier gelebt? Niemand kann darüber Auskunft geben. Die Namen stehen irgendwo in einem Archiv, das niemand öffnet (nur die Archive halten sich jung). Die mündliche Überlieferung ist tot und damit die Erinnerungen. Der Zigeunerstamm erinnert sich, aber die Schreibkundigen vergessen. Zeichne auf und vergiß.

Die Kate rauscht von Stimmen, sie ist der Mittelpunkt der Welt. Aber die Bewohner sterben oder ziehen weg, die Chronik hört auf. Viele Jahre steht sie verlassen da. Und die Kate wird eine Sphinx. Schließlich ist alles weg, bis auf die Grundsteine.

Irgendwie bin ich hier früher gewesen, muß aber jetzt gehen. Ich tauche in das Dickicht ein. Nur mit einem Schritt nach vorne und zweien zur Seite, wie ein Schachspringer, ist es möglich durchzudringen. Allmählich lichtet sich's und wird heller. Die Schritte werden länger. Ein Fußpfad schmiegt sich mir entgegen. Ich bin wieder im Kommunikationsnetz.

Auf dem summenden Hochspannungsmast sitzt ein Käfer in der Sonne. Unter den glänzenden Flügeldecken liegen die Flügel ebenso sinnreich zusammengefaltet wie ein Fallschirm, gepackt von einem Fachmann.

Der Anfang vom Roman der Spätherbstnacht

Das Passagierboot riecht nach Öl, und etwas klappert ständig wie eine Zwangsvorstellung. Der Scheinwerfer wird angemacht. Wir nähern uns der Anlegestelle. Nur ich steige hier aus. »Brauchst du den Landesteg?« Nein. Ich tue einen langen schwankenden Schritt direkt in die Nacht hinein und stehe auf der Anlegestelle, auf der Insel. Feucht und schwerfällig fühle ich mich, ein Schmetterling, der gerade aus dem Kokon gekrochen ist, die Plastiktüten in den beiden Händen hängen herab wie mißgestaltete Flügel. Ich drehe mich um und sehe das Schiff mit seinen leuchtenden Fenstern davongleiten, taste mich dann vorwärts zu dem vertrauten Haus, das so lange leergestanden hat. Alle Häuser in der Nachbarschaft stehen unbewohnt da … Es ist schön, hier einzuschlafen. Ich liege auf dem Rücken und weiß nicht, ob ich schlafe oder wache. Ein paar Bücher, die ich gelesen habe, ziehen vorbei wie alte Segelschiffe auf dem Weg zum Bermuda-Dreieck, um spurlos zu verschwinden … Ein hohles Geräusch ist zu hören, eine zerstreute Trommel. Ein Gegenstand, den der Wind immer wieder gegen etwas schlägt, das die Erde stillhält. Wenn die Nacht nicht nur ein Fehlen von Licht ist, wenn die Nacht wirklich etwas *ist*, dann ist sie dieses Geräusch. Die Stethoskopgeräusche eines langsamen Herzens, es pocht, schweigt einen Schlag lang, kommt wieder. Als bewegte sich das Wesen im Zickzack über die Grenze. Oder jemand, der an eine Wand pocht, jemand, der zu der anderen Welt gehört, aber hier zurückgeblieben ist, pocht, zurückwill. Zu spät. Hat nicht dort hinab-, hat nicht dort hinaufgefunden, hat nicht an Bord gefunden … Die andere Welt ist auch diese Welt. Am nächsten Morgen sehe ich einen raschelnden goldbraunen Laubzweig. Einen kriechenden umgestürzten Baumstumpf. Steine mit Gesichtern. Der Wald ist voll von an Land gebliebenem Ungeheuerlichem, das ich liebe.

Für Mats und Laila

Die Datumsgrenze liegt still zwischen Samoa und Tonga, aber die Mitternachtsgrenze gleitet voran über den Ozean und die Inseln und die Dächer der Hütten. Dort, auf der anderen Seite, schlafen sie. Hier in Värmland ist es mitten am Tage, ein Frühsommertag mit brennender Sonne – ich habe das Gepäck abgeworfen. Eine Schwimmrunde im Himmel, wie blau die Luft ist … Da sehe ich plötzlich die Berghänge auf der anderen Seite des Sees: sie sind kahlgeschlagen. Ähneln den rasierten Schädelpartien eines Patienten vor einer Gehirnoperation. Die ganze Zeit ist es dagewesen, aber erst jetzt habe ich es gesehen. Scheuklappen und Nackensperre. Die Reise geht weiter. Jetzt ist die Landschaft voller Striche und Linien, wie auf den alten Stichen, wo Menschen sich klein zwischen Hügeln und Bergen bewegten, die Ameisenhaufen ähnelten, und zwischen Städten, die gleichfalls Tausende von Strichen waren. Und jede Menschenameise zog ihren Strich zu dem großen Stich, einen wirklichen Mittelpunkt gab es nicht, aber alles lebte. Etwas anderes: die Figuren sind klein, haben aber alle ein eigenes Gesicht, der Kupferstecher hat es ihnen gegönnt, nein, es sind keine Ameisen. Die meisten sind einfache Menschen, aber sie können ihren Namen schreiben. Proteus hingegen ist ein moderner Mensch und drückt sich fließend in allen Stilen aus, bringt »flotte Sprüche« oder Kinkerlitzchen an, je nachdem, welcher Clique er gerade angehört. Aber seinen Namen kann er nicht schreiben. Er schreckt davor zurück wie der Werwolf vor der Silberkugel. Das verlangen sie auch nicht, nicht die Hydra der Firma, nicht der Staat … Die Reise geht weiter. In diesem Haus wohnt ein Mann, der eines Abends durchdrehte und scharf auf die leere Hängematte schoß, die über dem Rasen schwebte. Und die Mitternachtsgrenze kommt näher, sie hat fast die halbe Runde gemacht. (Kommt mir nicht mit der Behauptung, ich wollte die Zeiger der Uhr zurückdrehen!) Die Müdigkeit soll durch das Loch strömen, das die Sonne hinterlassen hat … Nie habe ich miterlebt, daß der Diamant eines bestimmten Augenblicks einen unauslöschlichen Riß quer über das Weltbild machte. Nein, die Reibung, die ständige Reibung hat das leuchtende fremde Lächeln weggewischt. Aber etwas ist dabei, *her-*

vorgetrieben zu werden, ähnelt allmählich einem Lächeln, man weiß nicht, was es wert sein mag. Ungeklärt. Jemand packt meinen Arm, sooft ich zu schreiben versuche.

Aus dem Winter 1947

Tagsüber in der Schule die dumpfe wimmelnde Festung.
In der Dämmerung ging ich unter den Schildern nach Hause.
Da kam das lippenlose Flüstern: »Wach auf, Schlafwandler!«
und alle Gegenstände zeigten zu dem ZIMMER.

Fünfter Stock, das Zimmer zum Hof. Die Lampe brannte
jede Nacht in einem Kreis von Schrecken.
Ich saß ohne Augenlider im Bett und sah
Bildbände Bildbände mit den Gedanken der Geisteskranken.

Als wäre das nötig …
Als würde die letzte Kindheit zerschlagen,
damit sie durch das Gitter paßt.
Als wäre das nötig …

Ich las in Büchern aus Glas, sah aber nur das andere:
die Flecken, die durch die Tapeten drangen.
Es waren die lebenden Toten,
die ihre Bildnisse gemalt haben wollten!

Bis in die Dämmerung, wenn die Mülleute kamen
und da unten mit den Blechbehältern klapperten,
den friedvollen grauen Glocken des Hinterhofs,
die mich in den Schlaf läuteten.

II
Schubertiana

I

Im Abenddunkel auf einem Platz außerhalb von New York, ein Aussichtspunkt, von dem aus man mit einem einzigen Blick die Wohnungen von acht Millionen Menschen umfassen kann.
Die Riesenstadt in der Ferne dort ist eine lange glitzernde Wehe, ein seitlich gesehener Spiralnebel.
Drinnen im Spiralnebel werden Kaffeetassen über die Theke geschoben, die Schaufenster betteln die Vorbeigehenden an, ein Gewimmel von Schuhen, die keinerlei Spuren hinterlassen.
Die kletternden Feuerleitern, die Fahrstuhltüren, die zusammengleiten, hinter Türen mit Sicherheitsschlössern ein ständiger Stimmenschwall.
Zusammengesunkene Leiber dösen in den Wagen der Untergrundbahn, den vorwärts rasenden Katakomben.
Ich weiß auch – ohne jede Statistik –, daß jetzt in irgendeinem Zimmer in der Ferne dort Schubert gespielt wird und daß für jemanden diese Töne wirklicher sind als all das andere.

II

Die endlosen Weiten des Menschengehirns sind zur Größe einer Faust zusammengeschrumpft.
Im April kehrt die Schwalbe in ihr Vorjahresnest zurück, unter die Dachrinne von genau derselben Scheune, in genau demselben Ort.
Sie fliegt von Transvaal weg, passiert den Äquator, fliegt sechs Wochen lang über zwei Kontinente, steuert genau diesen verschwindenden Punkt auf der Landmasse an.
Und derjenige, der die Signale eines ganzen Lebens in ein paar ganz gewöhnliche Akkorde von fünf Streichern einfängt,
derjenige, der einen Fluß durch ein Nadelöhr strömen lassen kann,
ist ein dicker jüngerer Herr aus Wien, von den Freunden »Schwammerl« genannt, der mit aufgesetzter Brille schlief

und sich morgens pünktlich ans Schreibpult stellte.
Wodurch sich die wundersamen Tausendfüßler der Notenschrift in Bewegung setzten.

III

Die fünf Streicher spielen. Ich gehe durch laue Wälder nach Hause, der Boden federt unter mir,
ich ringele mich zusammen wie ein Ungeborenes, schlummre, rolle schwerelos in die Zukunft hinein, spüre plötzlich, daß die Pflanzen Gedanken haben.

IV

Auf wieviel wir uns verlassen müssen, um unseren Alltag leben zu können, ohne durch die Erde zu sinken!
Uns auf die Schneemassen verlassen, die sich an den Berghang oberhalb der Stadt festklammern.
Uns auf die Schweigeversprechen und auf das einverständige Lachen verlassen, uns darauf verlassen, daß die Unglückstelegramme nicht uns gelten und daß der jähe Axthieb von innen nicht kommt.
Uns auf die Radachsen verlassen, die uns auf den Motorgelenken mitten in den dreihundertmal vergrößerten Bienenschwarm aus Stahl tragen.
Aber nichts von dem da ist eigentlich unseres Vertrauens wert.
Die fünf Streicher sagen, daß wir uns auf etwas anderes verlassen können. Und sie begleiten uns ein Stückchen auf dem Weg dorthin.
So, wie wenn im Treppenhaus das Licht ausgeht und die Hand – vertrauensvoll – dem blinden Geländer folgt, das durchs Dunkel führt.

V

Wir setzen uns eng zusammen vors Klavier und spielen vierhändig in f-Moll, zwei Kutscher auf demselben Bock, es sieht ein bißchen lächerlich aus.
Die Hände scheinen klingende Gewichte hin- und herzuschieben, so als bewegten wir die Gegengewichte
und versuchten dadurch, das unheimliche Gleichgewicht des großen Waagebalkens zu verschieben: Freude und Leid wiegen genau gleich.
Annie sagte: »Diese Musik ist so heroisch«, und das stimmt.
Aber diejenigen, die neidisch auf die Männer der Tat schielen, diejenigen, die

sich innerlich selbst verachten, weil sie keine Mörder sind, die erkennen sich hier nicht wieder.
Und die vielen, die Menschen kaufen und verkaufen und glauben, alles lasse sich kaufen, die erkennen sich hier nicht wieder.
Nicht ihre Musik. Die lange Melodie, die in allen Verwandlungen sie selbst ist, mal glitzernd und weich, mal rauh und stark, Schneckenspur und Stahltrosse.
Das eigensinnige Summen, das uns gerade jetzt
die Tiefen
hinaufbegleitet.

III
Die Galerie

Ich übernachtete in einem Motel an der E3.
In meinem Zimmer dort war ein Geruch, den ich früher schon
    wahrgenommen hatte
zwischen den asiatischen Sammlungen eines Museums:

Masken, tibetanische, japanische, vor einer hellen Wand.

Aber nicht Masken, sondern Gesichter jetzt sind es,

die durch die weiße Wand des Vergessens dringen,
um zu atmen, um nach etwas zu fragen.
Ich liege wach und sehe sie kämpfen
und verschwinden und wiederkehren.

Einige borgen Züge voneinander, tauschen die Gesichter
tief in mir drinnen,
wo Vergessen und Gedächtnis ihren Kuhhandel treiben.

Sie dringen durch die Übermalung des Vergessens,
die weiße Wand,
sie verschwinden und kehren wieder.

Hier herrscht eine Trauer, die sich nicht so nennt.

Willkommen auf den wahren Galerien!
Willkommen auf den wahren Galeeren!
Den wahren Gittern!

Der Karatejunge, der einen Menschen lahmschlug,
träumt noch immer von schnellen Gewinnen.

Die Frau da kauft und kauft Sachen,
die sie der hinter ihr lauernden Leere
in den Rachen werfen kann.

Herr X wagt nicht, seine Wohnung zu verlassen.
Ein dunkler Zaun aus vieldeutigen Menschen
steht zwischen ihm
und dem ständig wegrollenden Horizont.

Sie, die einst aus Karelien floh,
sie, die lachen konnte …
jetzt zeigt sie sich,
aber stumm, versteinert, eine Statue aus Sumer.

Wie damals, als ich zehn Jahre alt war und spät nach Hause kam.
Im Treppenhaus erloschen die Lampen,
aber der Aufzug, in dem ich stand, leuchtete, und der Aufzug stieg
wie eine Taucherglocke durch schwarze Tiefen,
Stockwerk um Stockwerk, während sich eingebildete Gesichter
gegen das Gitter drückten …

Aber nicht eingebildete Gesichter jetzt sind es, sondern wirkliche.

Ich liege ausgestreckt da wie eine Querstraße.

Viele steigen aus dem weißen Nebel hervor.
Einst berührten wir einander, wirklich!

Ein langer heller Gang, der nach Karbol riecht.

Der Rollstuhl. Die Siebzehnjährige,
die nach dem Autounfall sprechen lernt.

Er, der unter Wasser zu rufen versuchte,
und die kalte Masse der Welt drang ein
durch Nase und Mund.

Stimmen im Mikrophon sagten: Tempo ist Macht,
Tempo ist Macht!
Spiel das Spiel mit, the show must go on!

In der Karriere bewegen wir uns starr, Schritt für Schritt,
wie in einem No-Spiel
mit Masken, schreiendem Gesang: Ich, Ich bin's!
Der Unterlegene
wurde durch eine zusammengerollte Decke dargestellt.

Ein Künstler sagte: Früher war ich ein Planet
mit einer eigenen dichten Atmosphäre.
Die Strahlen von außen brachen sich darin zu Regenbögen.
Ständige Gewitter tobten im Innern, Innern.

Jetzt bin ich erloschen und trocken und offen.
Mir fehlt jetzt kindliche Energie.
Ich habe eine heiße Seite und eine kalte Seite.

Keine Regenbögen.

Ich übernachtete in dem hellhörigen Haus.
Viele wollen durch die Wände hereinkommen,
doch die meisten dringen nicht bis nach vorn:
sie werden vom weißen Rauschen des Vergessens übertönt.

Namenloser Gesang ertrinkt in den Wänden.
Bescheidenes Klopfen, das nicht gehört werden will,
gedehnte Seufzer,
meine alten Repliken, die heimatlos umherkriechen.

Horch: die mechanischen Selbstvorwürfe der Gesellschaft,
die Stimme des großen Ventilators
wie der künstliche Wind in den Bergwerkstollen,
sechshundert Meter tief.

Unsere Augen stehen weit offen unter dem Verband.
Könnte ich sie wenigstens spüren machen,
daß dieses Zittern unter uns
bedeutet, daß wir auf einer Brücke sind …

Oft muß ich völlig reglos dastehen.
Ich bin der Partner des Messerwerfers im Zirkus!
Fragen, die ich wütend von mir geschleudert habe,
kommen pfeifend zurück,

treffen nicht, aber nageln meinen Umriß fest
in groben Zügen,
bleiben zurück, wenn ich vom Platz gegangen bin.

Oft muß ich schweigen. Freiwillig!
Weil »das letzte Wort« wieder und wieder gesagt wird.
Weil Guten Tag und Lebwohl …
Weil der heutige Tag …
Weil die Marginalien am Ende
über ihre Ufer treten
und den Text überschwemmen.

Ich übernachtete im Motel der Schlafwandler.
Viele Gesichter hier drinnen sind verzweifelt,
andere ausgelöscht
nach den Wallfahrten durch das Vergessen.

Sie atmen, verschwinden, kämpfen sich zurück,
sie blicken an mir vorbei,
sie wollen alle hin zur Ikone der Gerechtigkeit.

Es kommt vor, aber selten,
daß einer von uns den anderen wirklich *sieht*:

einen Augenblick zeigt sich ein Mensch
wie auf einer Photographie, aber klarer,

und im Hintergrund
etwas, das größer ist als sein Schatten.

Er steht in ganzer Figur vor einem Berg.
Es ist mehr ein Schneckenhaus als ein Berg.
Es ist mehr ein Haus als ein Schneckenhaus.
Es ist kein Haus, hat aber viele Zimmer.
Es ist undeutlich, aber überwältigend.
Er wächst daraus hervor, und es aus ihm.
Es ist sein Leben, es ist sein Labyrinth.

Minusgrade

Wir sind auf einem Fest, das uns nicht liebt. Zum Schluß läßt das Fest seine Maske fallen und zeigt sich als das, was es wirklich ist: ein Rangierbahnhof. Kalte Kolosse stehen auf Schienen im Nebel. Ein Stück Kreide hat die Wagentüren bekritzelt.

Es darf nicht erwähnt werden, aber hier ist viel unterdrückte Gewalt. Deshalb sind die Einzelheiten so lastend. Und ist es so schwer, das andere zu sehen, das es auch gibt: einen gespiegelten Sonnenstrahl, der sich über die Hausmauer bewegt und durch den unwissenden Wald aus flimmernden Gesichtern gleitet, ein Bibelwort, das nie geschrieben wurde: »Komm zu mir, denn ich bin widerspruchsvoll wie du selber.«

Morgen arbeite ich in einer anderen Stadt. Ich sause dahin durch die Morgenstunde, die ein großer schwarzblauer Zylinder ist. Orion hängt über dem Bodenfrost. Kinder stehen in einem stummen Haufen und warten auf den Schulbus, Kinder, für die niemand betet. Das Licht wächst sachte wie unser Haar.

Das Boot – das Dorf

Ein portugiesisches Fischerboot, blau, das Kielwasser rollt ein Stück
den Atlantik auf.
Ein blauer Punkt weit draußen, und dennoch bin ich dort – die sechs
an Bord merken nicht, daß wir sieben sind.

Ich habe gesehen, wie ein solches Boot gebaut wird, es lag wie eine
große Laute ohne Saiten
im Armengrab: das Dorf, wo man mit Wut, Geduld, Wehmut wäscht
und wäscht.

Schwarz von Leuten am Strand. Eine Versammlung, die auseinander
getrieben wurde, die Lautsprecher wurden weggetragen.
Soldaten leiteten den Mercedes des Redners durch das Gedränge.
Worte trommelten gegen die Blechwände.

Schwarze Berge

In der nächsten Kurve kam der Bus frei aus dem kalten Schatten des Berges,
kehrte die Schnauze der Sonne zu und kroch brüllend aufwärts.
Wir drängten uns im Bus. Die Büste des Diktators war auch dabei,
in Zeitungspapier geschlagen. Eine Flasche ging von Mund zu Mund.
Der Tod, das Geburtsmal, wuchs verschieden schnell bei allen.
In den Bergen oben holte das blaue Meer den Himmel ein.

Heimwärts

Ein Telephongespräch lief in die Nacht aus und glitzerte im Land
und in den Vorstädten.
Danach schlief ich unruhig im Hotelbett.
Ich ähnelte der Nadel eines Kompasses, den der Orientierungsläufer
mit pochendem Herzen durch den Wald trägt.

Nach einer langen Dürre

Gerade jetzt ist der Sommer grau, sonderbare Abende.
Der Regen streicht vom Himmel herab
und setzt leise auf,
als gälte es, einen Schlafenden zu übermannen.

Die Ringe wimmeln auf der Wasserfläche der Bucht,
das ist die einzige Fläche, die es gibt –
das andere ist Höhe und Tiefe,
Steigen und Sinken.

Zwei Kiefernstämme
schießen hoch und setzen sich in langen leeren Signaltrommeln fort.
Weg sind die Städte und die Sonne.
Das Gewitter ist im hohen Gras.

Es ist möglich, die Insel der Kimmung anzurufen.
Es ist möglich, die graue Stimme zu hören.
Eisenerz ist Honig für das Gewitter.
Es ist möglich, mit seinem Code zu leben.

Waldstück

Auf dem Hinweg klatschte ein Paar aufgescheuchter Flügel, das war alles. Man geht allein dorthin. Es ist ein hohes Gebäude, das ganz und gar aus Rissen besteht, ein Gebäude, das ständig schwankt, aber niemals einstürzen kann. Die tausendfache Sonne schwebt durch die Risse hinein. Im Spiel des Lichtes herrscht eine umgekehrte Schwerkraft: das Haus wird im Himmel verankert, und was fällt, das fällt nach oben. Dort darf man sich umdrehen. Dort ist es erlaubt zu trauern. Dort wagt man bestimmte alte Wahrheiten zu suchen, die sonst immer verpackt gehalten werden. Meine rollen auf der Tiefe, sie tauchen dort auf, hängen wie die getrockneten Schädel in der Ahnenhütte auf einer abgelegenen melanesischen Insel. Ein kindliches Tageslicht um die scheußlichen Trophäen. So mild ist der Wald.

Funchal

Das Fischlokal am Strand, einfach, eine Bude, von Schiffbrüchigen errichtet. Viele kehren an der Tür um, aber nicht die Windstöße vom Meer. Ein Schatten steht in seinem rauchigen Kabuff und brät zwei Fische nach einem alten Rezept aus Atlantis, kleine Explosionen von Knoblauch, Öl läuft auf die Tomatenscheiben. Jeder Bissen sagt, daß der Ozean uns wohlwill, ein Summen aus der Tiefe.

Sie und ich blicken ineinander. So als kletterte man die wild blühenden Hänge hinan, ohne die geringste Müdigkeit zu verspüren. Wir sind auf der Tierseite, willkommen, altern nicht. Aber wir haben soviel zusammen erlebt, daran erinnern wir uns, auch Stunden, in denen wir nicht viel taugten (zum Beispiel, als wir Schlange standen, um dem gesunden Riesen Blut zu spenden – er hatte Transfusion angeordnet). Ereignisse, die uns hätten trennen müssen, wenn sie uns nicht vereint hätten, und Ereignisse, die wir zusammen vergessen haben – aber sie haben uns nicht vergessen! Sie sind zu Steinen geworden, dunklen und hellen. Steine in einem durcheinandergebrachten Mosaik. Und jetzt geschieht es: die Scherben fliegen zusammen, das Mosaik entsteht. Es wartet auf uns. Es strahlt von der Wand im Hotelzimmer herab, ein Design, gewaltsam und zärtlich, vielleicht ein Gesicht, es gelingt uns nicht, alles zu erfassen, als wir uns die Kleider ausziehen.

In der Dämmerung gehen wir hinaus. Die gewaltige dunkelblaue Tatze der Halbinsel liegt ins Meer hinausgeschleudert da. Wir gehen in das Menschengewimmel hinein, werden freundlich herumgeschubst, milde Kontrollen, alle sprechen eifrig in der fremden Sprache. »Kein Mensch ist eine Insel.« Wir werden stark durch *sie*, aber auch durch uns selbst. Durch das in uns, das der andere nicht sehen kann. Dasjenige, das nur sich selbst begegnen kann. Das innerste Paradox, die Garagenblume, das Ventil gegen das gute Dunkel. Ein Getränk, das in leeren Gläsern perlt. Ein Lautsprecher, der Schweigen verbreitet. Ein Pfad, der hinter jedem Schritt wieder zuwächst. Ein Buch, das nur im Dunkeln gelesen werden kann.

Der wilde Marktplatz

1983

I
Kurze Pause im Orgelkonzert

Die Orgel hört auf zu spielen, und in der Kirche wird es totenstill,
aber nur ein paar Sekunden.
Dann dringt das leise Brummen durch
vom Verkehr draußen, der größeren Orgel.

Ja, wir sind umschlossen vom Murmeln des Verkehrs, das um die
Mauern des Doms wandert.
Dort gleitet die Außenwelt wie ein durchsichtiger Film
und mit kämpfenden Schatten *pianissimo*.

Als wäre er Teil der Straßengeräusche, höre ich
einen meiner Pulse schlagen in der Stille,
ich höre mein Blut kreisen, die Kaskade, die sich
in mir verbirgt, mit der ich umhergehe,

und genauso nah wie mein Blut und genauso fern wie eine
Erinnerung aus dem vierten Lebensjahr
höre ich den Fernlaster vorbeifahren, der die sechs-
hundertjährigen Mauern zum Beben bringt.

Von einem Mutterschoß ist es hier so verschieden, wie etwas
nur sein kann, dennoch bin ich ein Kind grade jetzt,
das weit weg die Erwachsenen reden hört, die Stimmen
der Gewinner und der Verlierer fließen ineinander.

Auf den blauen Banken sitzt eine spärliche Gemeinde. Und
die Pfeiler ragen auf wie seltsame Bäume:
keine Wurzeln (nur der gemeinsame Fußboden) und kein
Wipfel (nur das gemeinsame Dach).

Einen Traum erlebe ich wieder: Daß ich allein auf einem
Friedhof stehe. Überall leuchtet Heidekraut,
so weit das Auge reicht. Auf wen warte ich? Einen Freund. Warum
kommt er nicht? Er ist schon hier.

Langsam blendet der Tod das Licht von unten, vom Erdboden aus
auf. Die Heide leuchtet immer stärker lila –
nein, in einer Farbe, die keiner je sah … bis das bleiche
Licht des Morgens durch die Lider hereinschwirrt

und ich zu jenem unentwegten VIELLEICHT erwache, das
mich durch die schwankende Welt trägt.
Und jedes abstrakte Bild der Welt ist genauso unmöglich
wie der Grundriß zu einem Sturm.

Zu Hause stand die allwissende Enzyklopädie, ein Meter
im Bücherregal, ich lernte darin lesen.
Doch jedem Menschen wird seine eigene Enzyklopädie
geschrieben, sie wächst in jeder Seele heran,

sie wird von Geburt an und weiter geschrieben, die
Hunderttausende von Seiten stehn aneinandergepreßt
und doch mit Luft dazwischen! wie das zitternde Laub
in einem Wald. Das Buch der Widersprüche.

Was darin steht, ändert sich stündlich, die Bilder retuschieren
sich selbst, die Wörter flimmern.
Eine Schlagwelle rollt durch den ganzen Text, ihr folgt
die nächste Schlagwelle und die nächste …

Im März '79

Überdrüssig aller, die mit Wörtern, Wörtern, aber keiner Sprache
daherkommen,
fuhr ich zu der schneebedeckten Insel.
Das Wilde hat keine Wörter.
Die ungeschriebenen Seiten breiten sich nach allen Richtungen aus!
Ich stoße auf Spuren von Rehhufen im Schnee.
Sprache, aber keine Wörter.

Die Erinnerungen sehen mich

Ein Junimorgen: zum Aufwachen zu früh,
doch zu spät zum Weiterschlafen.

Ich muß ins Grüne hinaus; es ist übervoll
von Erinnerungen, und sie folgen mir mit dem Blick.

Zu sehen sind sie nicht, sie verschmelzen
mit dem Hintergrund, perfekte Chamäleons.

Sie sind so nah, daß ich sie atmen höre,
obwohl der Vogelgesang betäubend ist.

Der Blick des Winters

Ich stehe schräg wie eine Leiter und reiche
mit dem Gesicht ins Untergeschoß des Kirschbaums.
Ich bin in der Glocke der Farben, die vor Sonne läutet.
Mit den schwarzroten Beeren bin ich schneller fertig als vier Elstern.

Da trifft mich plötzlich Kälte von weit her.
Der Augenblick wird schwarz
und bleibt zurück wie das Axtmal in einem Stamm.

Von jetzt an ist es spät. Im Laufschritt begeben wir uns
außer Sehweite, hinab, hinab in das antike Kloakensystem.
Die Tunnel. Dort wandern wir monatelang,
halb im Dienst und halb auf der Flucht.

Kurze Andacht, wenn über uns ein Deckel sich öffnet
und schwaches Licht einfällt.
Wir blicken nach oben: der Sternenhimmel durch das Abflußgitter.

Der Bahnhof

Ein Zug ist eingefahren. Hier steht Wagen an Wagen,
doch keine Türen werden geöffnet, keiner steigt aus oder ein.
Gibt es überhaupt Türen? Drinnen wimmelt es
von eingeschlossenen Menschen, die sich hin und her bewegen.
Sie starren aus den unverstellbaren Fenstern.
Und draußen am Zug entlang geht ein Mann mit einem Hammer.
Er schlägt auf die Räder, es scheppert leise. Nur hier nicht!
Hier schwillt der Klang unfaßbar: ein Donnerschlag,
ein Domglockenklang, ein Weltumseglerklang,
der den ganzen Zug und die nassen Steine der Gegend anhebt.
Alles singt. Ihr werdet euch dran erinnern. Reist weiter!

II
Briefe beantworten

Im untersten Kommodenfach finde ich einen Brief, der das erstemal vor sechsundzwanzig Jahren kam. Ein Brief in Panik, der noch atmet, als er zum zweitenmal kommt.

Ein Haus hat fünf Fenster. Durch vier leuchtet der Tag klar und still. Das fünfte geht auf einen schwarzen Himmel, Gewitter und Sturm. Ich stehe an dem fünften Fenster. Der Brief.

Manchmal klafft zwischen Dienstag und Mittwoch ein Abgrund, aber sechsundzwanzig Jahre lassen sich in einem Augenblick durchmessen. Die Zeit ist keine gerade Strecke, eher ein Labyrinth, und drückt man sich an der richtigen Stelle gegen die Wand, kann man die eiligen Schritte und die Stimmen hören, kann man sich selbst auf der andern Seite vorbeigehen hören.

Wurde dieser Brief je beantwortet? Ich erinnere mich nicht, es ist lange her. Die zahllosen Schwellen des Meeres wanderten weiter. Das Herz tat weiter seine Sprünge von Sekunde zu Sekunde, wie die Kröte im nassen Gras der Augustnacht.

Die unbeantworteten Briefe ballen sich hoch oben zusammen, wie Zirrostratuswolken, die Unwetter ankündigen. Sie machen die Sonnenstrahlen matter. Einmal werde ich antworten. Einmal, wenn ich tot bin und mich endlich konzentrieren kann. Oder wenigstens so weit weg von hier, daß ich mich selbst wiederfinden kann. Wenn ich als Neuankömmling in der großen Stadt die 125. Straße entlanggehe, im Wind über die Straße des tanzenden Mülls. Ich, der ich es liebe, umherzuschlendern und in der Menge zu verschwinden, ein T in der unendlichen Textmasse.

Isländischer Orkan

Keine Erdstöße, sondern Himmelsbeben. Turner hätte es malen können, festgezurrt. Ein einsamer Handschuh wirbelte grade vorbei, kilometerweit von seiner Hand entfernt. Ich will mich im Gegenwind zu dem Haus drüben auf der andern Seite des Feldes durchschlagen. Ich flattre im Orkan. Ich werde geröntgt, das Skelett reicht sein Abschiedsgesuch ein. Die Panik wächst, während ich kreuze, ich kentre, ich kentre und ertrinke auf dem Trocknen! Wie schwer ist alles, woran ich plötzlich zu schleppen habe, wie schwer ist es für den Schmetterling, einen Prahm zu bugsieren! Endlich da. Ein letztes Ringen mit der Tür. Und jetzt drinnen. Und jetzt drinnen. Hinter der großen Glasscheibe. Welch eine sonderbare und großartige Erfindung ist doch Glas – nah zu sein, ohne aneinanderzugeraten … Draußen stürmt eine Horde durchsichtiger Sprinter in Riesenformat über die Lavaebene. Doch ich flattre nicht mehr. Ich sitze hinter Glas, still, mein eignes Porträt.

Die Leberblümchen

Sich verzaubern lassen – nichts ist einfacher. Einer der ältesten Tricks des Erdbodens und des Frühlings: die Leberblümchen. Sie sind irgendwie unerwartet. Sie schießen aus dem braunen Vorjahresgeraschel an übersehenen Stellen, wo der Blick sonst nie verweilt. Sie brennen und schweben, ja: schweben, und das liegt an der Farbe. Diese eifrige violettblaue Farbe wiegt derzeit nichts. Hier ist Ekstase, aber kleingehalten. »Karriere« – belanglos! »Macht« und »Publizität« – lachhaft! In Ninive oben richteten sie ja einen großen Empfang aus, *sie machten lärm und ein groß getös*. Groß aufgemacht – über allen Häuptern hingen Kristalleuchter wie gläserne Geier. Statt einer solchen prunkvollen und lärmenden Sackgasse eröffnen die Leberblümchen einen Geheimgang zu dem wahren Fest, das ist totenstill.

Das blaue Haus

Es ist eine Nacht mit strahlender Sonne. Ich stehe im dichten Wald und blicke hinüber zu meinem Haus mit den dunstblauen Wänden. Als wäre ich vor kurzem gestorben und sähe das Haus aus einem neuen Winkel.

Es steht schon länger als achtzig Sommer. Sein Holz ist imprägniert mit viermal Freude und dreimal Trauer. Stirbt jemand, der im Hause gewohnt hat, wird es neu gestrichen. Der Tote streicht selber, ohne Pinsel, von innen.

Auf der andern Seite liegt offnes Gelände. Früher ein Garten, jetzt verwildert. Stillstehende Brecher aus Unkraut, Pagoden aus Unkraut, hervorquellender Text, Upanischaden aus Unkraut, eine Wikingerflotte aus Unkraut, Drachenköpfe, Lanzen, ein Unkrautimperium!

Über den verwilderten Garten flattert der Schatten eines Bumerangs, der wieder und wieder geworfen wird. Er steht in Verbindung zu einem, der lange vor meiner Zeit im Hause gewohnt hat. Fast ein Kind. Ein Impuls geht von ihm aus, ein Gedanke, ein Willensgedanke: »schaffen ... zeichnen ...« Um aus seinem Schicksal hinauszukommen.

Das Haus ähnelt einer Kinderzeichnung. Eine stellvertretende Kindlichkeit, die deshalb hervorwuchs, weil jemand allzu früh auf den Auftrag verzichtete, Kind zu sein. Öffne die Tür, tritt ein! Hier drinnen ist Unruhe unter dem Dach und Friede in den Wänden. Über dem Bett hängt ein Amateurgemälde, es stellt ein Schiff mit siebzehn Segeln dar, schäumende Wellenkämme und einen Wind, den der vergoldete Rahmen nicht bändigen kann.

Es ist immer so früh hier drinnen, es ist vor den Weggabelungen, vor den unwiderruflichen Entscheidungen. Dank für dieses Leben! Dennoch vermisse ich die Alternativen. Alle Skizzen wollen wirklich werden.

In der Ferne dehnt ein Motor auf dem Wasser den Horizont der Sommernacht. Freude und Trauer schwellen an im Vergrößerungsglas des Taus. Wir wissen es im Grunde nicht, ahnen es aber: zu unserm Leben gibt es ein Schwesterschiff, das einen ganz anderen Kurs steuert. Während die Sonne hinter den Inseln brennt.

III
Satellitenaugen

Der Boden ist rauh, kein Spiegel.
Nur die gröbsten Geister
spiegeln sich drauf: der Mond
und die Eiszeit.

Komm näher im Drachendunst!
Schwere Wolken, wimmelnde Straßen.
Ein rauschender Regen aus Seelen.
Kasernenhöfe.

Neunzehnhundertachtzig

Sein Blick wandert ruckhaft über die Zeitungsseite.
Da kommen Gefühle, so gefroren, daß man sie für Gedanken hält.
Nur in tiefer Hypnose konnte er sein zweites Ich werden,
seine geheime Schwester, die Frau, die mit den
    Hunderttausenden geht,
»Tod dem Schah!« rufend – obwohl er schon tot ist –,
ein marschierendes schwarzes Zelt, fromm und voll Haß.
Dschihad! Zwei, die einander nie begegnen, nehmen
    sich der Welt an.

Schwarze Ansichtskarten

I

Der Kalender vollgeschrieben, Zukunft unbekannt.
Das Kabel summt das Volkslied ohne Heimat.
Schneefall ins bleistille Meer. Schatten
ringen am Kai.

II

Mitten im Leben geschieht's, daß der Tod kommt
und am Menschen Maß nimmt. Diesen Besuch vergißt man,
und das Leben geht weiter. Doch im stillen wird der
Anzug genäht.

Feuergekritzel

Während der düstern Monate sprühte mein Leben nur,
wenn ich mit dir schlief.
Wie die Feuerfliege erglimmt und erlischt, erglimmt und erlischt
– punktweise läßt ihr Weg sich verfolgen
im Nachtdunkel zwischen den Olivenbäumen.

Während der düstern Monate saß die Seele zusammengekauert und leblos,
doch der Leib ging gradenwegs zu dir.
Der Nachthimmel brüllte.
Verstohlen melkten wir den Kosmos und überlebten.

Viele Schritte

Die Ikonen wurden mit dem Gesicht nach oben in die Erde gelegt
und die Erde zugetrampelt
durch Räder und Schuhe, durch tausend Schritte,
die schweren Schritte von zehntausend Zweiflern.

Im Traum stieg ich in ein durchleuchtetes Schwimmbecken unter der Erde,
ein wogender Gottesdienst.
Welch starke Sehnsucht! Welch idiotische Hoffnung!
Und über mir das Getrampel der Millionen von Zweiflern.

Postludium

Ich schleife wie ein Draggen über den Boden der Welt.
Hängen bleibt alles, was ich nicht brauche.
Müde Indignation, glühende Resignation.
Die Büttel holen Steine, Gott schreibt in den Sand.

Stille Zimmer.
Die Möbel stehen flugbereit im Mondschein.
Sachte gehe ich in mich selbst hinein
durch einen Wald von leeren Rüstungen.

IV
Traumseminar

Vier Milliarden Menschen auf der Erde.
Und alle schlafen, alle träumen.
Gesichter drängen sich und Körper
in jedem Traum –
die geträumten Menschen sind zahlreicher als wir.
Doch nehmen sie keinen Platz ein …
Bisweilen schläfst du im Theater ein.
Mitten im Stück sinken die Augenlider.
Kurze Zeit Doppelbelichtung: die Bühne vorn,
sie wird von einem Traume überrollt.
Dann ist da keine Bühne mehr, du bist sie.
Das Theater in der ehrlichen Tiefe!
Das Geheimnis um den überlasteten
Theaterdirektor!
Die ständigen Neueinstudierungen …
Ein Schlafzimmer. Es ist Nacht.
Der dunkle Himmel treibt durch den Raum.
Das Buch, über dem jemand einschlief,
ist aufgeschlagen noch
und liegt weidwund auf der Bettkante.
Die Augen des Schlafenden bewegen sich,
sie folgen dem buchstabenlosen Text
in einem andern Buch –
einem illuminierten, altertümlichen, schnellen.
Eine schwindelerregende Commedia, die hinter
den Klostermauern der Augenlider kalligraphiert wird.
Ein einziges Exemplar, nur jetzt vorhanden!
Morgen ist alles ausgestrichen.
Das Geheimnis um die große Vergeudung!
Die Auslöschung … Wie wenn der Tourist von mißtrauischen
Uniformierten angehalten wird –

sie öffnen die Kamera, rollen seinen Film auf
und lassen die Sonne die Bilder töten:
so werden die Träume vom Licht des Tages verdunkelt.
Ausgelöscht oder nur unsichtbar?
Ein Träumen außer Sehweite gibt es,
das stets geschieht. Licht für andre Augen.
Ein Streif, wo Kriechgedanken gehen lernen.
Gesichter und Gestalten werden umgruppiert.
Wir bewegen uns auf einer Straße, unter Menschen
im Sonnenglast.
Doch genauso viele oder noch mehr,
die wir nicht sehn,
sind in den dunklen Gebäuden,
die zu beiden Seiten aufragen.
Manchmal tritt einer von ihnen kurz ans Fenster
und wirft einen Blick auf uns hinab.

Codex

Die Männer der Fußnoten, nicht die der Schlagzeilen. Ich befinde mich
in dem tiefen Flur,
der dunkel wäre,
leuchtete nicht meine rechte Hand wie eine Taschenlampe.
Das Licht fällt auf etwas, das an die Wand geschrieben ist,
und ich sehe es,
wie der Taucher den Namen des gesunknen Rumpfes in der strömenden
Tiefe auf sich zuflimmern sieht:
ADAM ILEBORGH 1448. Wer?
Der die Orgel dazu brachte, ihre plumpen Flügel auszubreiten und
aufzusteigen –
fast eine Minute lang schwebte sie.
Welch ein gelungenes Experiment!
An die Wand geschrieben: MAYONE, DAUTHENDEY, KAMINSKI … Das
Licht fällt auf Namen um Namen.
Die Wände sind vollgekritzelt.
Es sind die Namen der fast ausgelöschten Künstler,
die Menschen der Fußnoten, die Ungespielten, die Halbvergessenen,
die unsterblichen Unbekannten.
Für einen Augenblick ist es, als flüsterten alle ihre Namen auf einmal –
Flüstern mit Flüstern addiert zu einer Schlagwelle, die den Flur
entlangstürzt,
ohne jemanden umzuwerfen.
Übrigens ist es kein Flur mehr.
Weder Begräbnisstätte noch Marktplatz, aber etwas von beidem.
Auch ein Treibhaus ist es.
Hier gibt es reichlich Sauerstoff.
Die Toten der Fußnoten können tief atmen, sie gehören zum Echosystem
wie zuvor.
Doch bleibt ihnen vieles erspart!
Erspart bleibt ihnen, die Moral der Macht zu schlucken,
erspart auch das Spiel mit den schwarzen und weißen Feldern, wo der
Leichengestank das einzige ist, das nie stirbt.

Sie werden rehabilitiert.
Und die nicht mehr nehmen können,
haben zu geben nicht aufgehört.
Sie rollten den strahlenden und schwermütigen Bildteppich ein Stückchen aus
und ließen ihn dann so.
Manche sind anonym, sie sind meine Freunde,
doch ich kenne sie nicht, sie ähneln jenen Steinmenschen,
die man auf Grabplatten in alten Kirchen ausgemeißelt findet.
Milde oder strenge Reliefs in Wänden, über die wir streichen, Figuren und Namen,
eingesunken in Steinfußböden, dem Ausgelöschtsein nah.
Doch die wirklich aus der Liste gestrichen werden wollen …
Die bleiben nicht im Reich der Fußnoten stehn,
sie betreten die abwärtsführende Laufbahn, die in Vergessenheit und Frieden endet.
Der völligen Vergessenheit. Es ist eine Art Prüfung,
die im stillen abgelegt wird: über die Grenze zu gehn, und keiner merkt es …

Carillon

Madame verachtet ihre Gäste, weil sie in ihrem schäbigen Hotel wohnen
wollen.
Ich habe das Eckzimmer im ersten Stock: ein elendes Bett, eine Glühbirne
an der Decke.
Seltsamerweise schwere Vorhänge, wo eine Viertelmillion unsichtbarer
Milben herummarschiert.

Draußen zieht eine Fußgängerstraße vorüber
mit langsamen Touristen, schnellen Schulkindern, Männern in
Arbeitskleidung, die klappernde Fahrräder schieben.
Die einen glauben, sie brächten die Erde zum Drehn, und die andern
glauben, sie drehten sich hilflos im Griff der Erde.
Eine Straße, auf der wir alle gehn, wohin führt sie?

Das einzige Fenster des Zimmers geht auf etwas anderes: Den Wilden
Marktplatz,
ein gärender Boden, eine große bebende Fläche, bald voller Menschen,
bald verlassen.
Was ich in mir habe, wird dort materialisiert, alle Angst, alle Hoffnungen.
All das Undenkbare, das dennoch geschehn wird.

Ich habe flache Ufer; wenn der Tod um zwei Dezimeter steigt, werde ich
überschwemmt.

Ich bin Maximilian. Das Jahr: 1488. Man hält mich eingesperrt hier in
Brügge,
weil meine Feinde unschlüssig sind –
böse Idealisten sind es, und was sie auf dem Hinterhof der Greuel
getan haben, kann ich nicht beschreiben, kann nicht Blut in Tinte
verwandeln.

Ich bin auch der Mann im Overall, der auf der Straße unten sein klapperndes
Fahrrad schiebt.

Ich bin auch der, den man sieht, der Tourist, der geht und stehenbleibt, geht und stehenbleibt
und den Blick über die mondverbrannten bleichen Gesichter und die wallenden Stoffe der alten Gemälde wandern läßt.
Keiner bestimmt, wohin ich gehn soll, schon gar nicht ich selber, dennoch ist jeder Schritt, wo er sein muß.
In den fossilen Kriegen umherzugehn, wo alle unverwundbar sind, weil alle tot sind!

Die staubigen Laubmassen, die Mauern mit ihren Schießscharten, die Gartenwege, wo versteinerte Tränen unter den Absätzen knirschen …

Unerwartet, als hätte ich auf einen Stolperdraht getreten, hebt in dem namenlosen Turm das Glockenspiel an.
Carillon! Der Sack platzt aus den Nähten, und die Töne rollen hinaus über Flandern.
Carillon! Das gurrende Eisen der Glocken, Kirchenlied und Gassenhauer, alles in einem, und zitternd in die Luft geschrieben.
Der zitterhändige Arzt schrieb ein Rezept aus, das keiner deuten kann, doch die Handschrift ist zu erkennen …

Die Glocken läuten, über Markt und Tann,
Lebende wie auch Tote an.
Christ und Antichrist, wer sie trennte!
Die Glocken fliegen uns heim am Ende.

Sie sind verstummt.

Ich bin wieder im Hotelzimmer: das Bett, die Lampe, die Vorhänge. Sonderbare Geräusche sind hier zu hören, der Keller schleppt sich die Treppen hoch.

Ich liege auf dem Bett mit ausgebreiteten Armen.
Ich bin ein Anker, der sich gründlich eingegraben hat und den
riesigen Schatten festhält, der dort oben treibt,

das große Unbekannte, von dem ich ein Teil bin und das sicherlich wichtiger ist als ich.

Draußen zieht die Straße vorüber, die Straße, wo meine Schritte ersterben und ebenso das Geschriebene, mein Vorwort zum Schweigen, mein umgekrempeltes Kirchenlied.

Molokai

Wir stehen am Steilhang, und unter uns in der Tiefe schimmern die Dächer der Leprastation.
Den Abstieg schaffen wir, doch nie kommen wir über die Steilhänge zurück vorm Dunkelwerden.
Drum kehren wir durch den Wald zurück, gehn zwischen Bäumen mit langen blauen Nadeln.
Hier ist es still, eine Stille, wie wenn der Habicht kommt.
Es ist ein Wald, der alles verzeiht, doch nichts vergißt.
Damien, in Liebe, wählte das Leben und die Vergessenheit. Er bekam Tod und Ruhm.
Doch wir sehen diese Ereignisse von der falschen Seite: einen Steinhaufen statt des Gesichts der Sphinx.

Für Lebende und Tote

1989

Der vergessene Kapitän

Wir haben viele Schatten. Ich war auf dem Heimweg
in der Septembernacht, als Ö
nach vierzig Jahren aus seinem Grab stieg
und mir Gesellschaft leistete.

Erst war er gänzlich leer, nur ein Name,
doch seine Gedanken schwammen
schneller, als die Zeit verrann,
und holten uns ein.

Ich hielt seine Augen an meine Augen
und sah das Meer des Krieges.
Das letzte Schiff, das er befehligte,
wuchs unter uns hervor.

Davor, dahinter krochen die Schiffe des Atlantik-Konvois:
die einen sollten überleben,
die andern erhielten das Zeichen
(unsichtbar für alle),

während schlaflose Tage und Nächte einander ablösten,
doch niemals ihn –
die Schwimmweste saß unter der Öljacke.
Er kam nie mehr nach Hause.

Ein inneres Weinen verblutete ihn
in einem Cardiffer Krankenhaus.
Er konnte sich endlich hinlegen,
sich endlich in Horizont verwandeln.

Lebt wohl, Elf-Knoten-Konvois! Leb wohl, 1940!
Hier endet die Weltgeschichte.
Die Bomber blieben hängen.
Die Heiden blühten.

Das Photo vom Beginn des Jahrhunderts zeigt einen Strand.
Da stehen sechs herausgeputzte Jungen.
Sie haben Segelschiffe in den Armen.
Was für ernste Mienen!

Die Schiffe, die für einige von ihnen Leben und Tod bedeuteten.
Und über die Toten zu schreiben,
ist auch ein Spiel, das schwer ist
von dem, was einst kommt.

Sechs Winter

I
Im schwarzen Hotel schläft ein Kind.
Und draußen vorm Fenster: die Mitternacht,
wo die großäugigen Würfel rollen.

II
Eine Elite von Toten wurde zu Stein
auf dem Katharinen-Kirchhof:
dort klappert der Wind in seiner Rüstung aus Svalbard.

III
Einen Kriegswinter, als ich krank lag,
wuchs ein riesiger Eiszapfen am Fenster.
Nachbar und Harpune. Erinnerung ohne Erklärung.

IV
Eis hängt von der Dachkante herab.
Eiszapfen: die Gotik auf den Kopf gestellt.
Abstraktes Vieh, gläsernes Euter.

V
Auf einem Nebengleis ein leerer Eisenbahnwagen.
Still. Heraldisch.
Mit den Reisen in seinen Klauen.

VI
Heut abend Schneedunst, Mondschein. Die Mondqualle selber
schwebt vor uns. Unser Gelächter
auf dem Weg nach Haus. Verhexte Allee.

Die Nachtigall in Badelunda

In der grünen Mitternacht an der Nordgrenze der Nachtigall. Schweres Laub hängt in Trance, die tauben Autos rasen auf die Neonlinie zu. Die Stimme der Nachtigall steigt nicht seitwärts, sie ist genauso durchdringend wie das Krähen eines Hahns, aber schön und ohne Eitelkeit. Ich war im Gefängnis, und sie besuchte mich. Ich war krank, und sie besuchte mich. Damals bemerkte ich sie nicht, aber jetzt. Die Zeit strömt von der Sonne und vom Mond herab und in alle ding-dang-ding-dankbare Uhren hinein. Doch genau hier gibt es keine Zeit. Nur die Stimme der Nachtigall, die rohen klingenden Töne – sie wetzen die helle Sense des Nachthimmels.

Alkäisch

Ein Wald im Mai. Hier spukt mein ganzes Leben:
die unsichtbare Umzugsfuhre. Vogelgesang.
In stillen Tümpeln die irrsinnig tanzenden
Fragezeichen der Mückenlarven.

Ich fliehe zu denselben Plätzen und denselben Worten.
Kalte Brise vom Meer, der Eisdrache leckt mir
den Nacken, während die Sonne sengt.
Die Umzugsfuhre brennt mit kühlen Flammen.

Berceuse

Ich bin eine Mumie, die im blauen Sarg der Wälder ruht, im ständigen Rauschen von Motor und Gummi und Asphalt.

Was tagsüber geschehen ist, sinkt; die Hausaufgaben sind schwerer als das Leben.

Die Schubkarre fuhr einher auf ihrem einen Rad, und ich selber bewegte mich auf meiner kreiselnden Psyche, aber jetzt haben die Gedanken ihr Kreisen beendet, und die Schubkarre hat Flügel bekommen.

Endlich einmal, wenn der Raum schwarz ist, wird ein Flugzeug kommen. Die Passagiere werden die Städte unter sich glitzern sehen wie das Gold der Goten.

Straßen in Shanghai

I

Der weiße Schmetterling im Park wird von vielen gelesen.
Ich liebe diesen Kohlweißling so, als wäre er eine flatternde Ecke der Wahrheit selbst!

Im Morgengraun treten die Völkermassen unsern stillen Planeten in Gang.
Da füllt sich der Park mit Menschen. An jedem acht Gesichter, poliert wie Jade, für alle Situationen, um Irrtümer zu vermeiden.
An jedem auch das unsichtbare Gesicht: es spiegelt »etwas, worüber man nicht spricht«.
Etwas, das in müden Stunden auftaucht und herb ist wie ein Schluck Kreuzotterschnaps mit dem langen schuppigen Nachgeschmack.

Die Karpfen im Teich bewegen sich ständig, sie schwimmen im Schlafen, sie sind das Vorbild für den Gläubigen: stets in Bewegung.

II

Es ist mitten am Tag. Die Wäsche flattert im grauen Seewind hoch über den Radfahrern,
die in dichten Schwärmen kommen. Achte auf die Nebenlabyrinthe!

Ich bin umgeben von Schriftzeichen, die ich nicht deuten kann, ich bin durch und durch Analphabet.
Doch ich habe bezahlt, was ich mußte, und habe für alles eine Quittung.
Ich habe viele unleserliche Quittungen gesammelt.
Ich bin ein alter Baum mit welkem Laub, das noch dranhängt und nicht zu Boden fallen kann.

Und ein Hauch von der See bringt all diese Quittungen zum Rascheln.

III

Im Morgengraun trampeln die Menschenmassen unsern stillen Planeten in Gang.
Wir sind alle an Bord der Straße, es herrscht Gedränge wie auf dem Deck einer Fähre.
Wohin sind wir unterwegs? Reichen die Teebecher? Wir können uns glücklich schätzen, an Bord dieser Straße gekommen zu sein!
Es ist tausend Jahre vor der Geburt der Klaustrophobie.

Hinter jedem, der hier geht, schwebt ein Kreuz, das uns überholen, an uns vorbeigehn, sich mit uns vereinigen will.
Etwas, das sich von hinten an uns heranschleichen und uns die Augen zuhalten und flüstern will: »Rat mal, wer da ist!«

Wir sehen fast glücklich aus in der Sonne, während wir verbluten aus Wunden, von denen wir nicht wissen.

Tief in Europa

Ich dunkler Rumpf, zwischen zwei Schleusentoren treibend,
ruhe auf dem Bett im Hotel, während die Stadt ringsum erwacht.
Der stumme Lärm und das graue Licht strömen herein
und heben mich sachte aufs nächste Niveau: der Morgen.

Belauschter Horizont. Sie wollen etwas sagen, die Toten.
Sie rauchen, aber essen nicht, sie atmen nicht, haben aber noch ihre Stimme.
Ich werde durch die Straßen eilen wie einer von ihnen.
Der schwarz gewordene Dom, schwer wie ein Mond, macht Ebbe und Flut.

Flugblatt

Die stumme Wut bekritzelt die Wand nach innen.
Obstbäume blühen, der Kuckuck ruft.
Es ist die Narkose des Frühlings. Aber die stumme Wut
malt ihre Schlagworte nach hinten in die Garage.

Wir sehen alles und nichts, aber aufrecht wie Periskope,
bedient von der scheuen Besatzung der Unterwelt.
Es ist der Krieg der Minuten. Die sengende Sonne
steht überm Lazarett, dem Parkplatz des Leidens.

Wir lebenden Nägel, eingehämmert in die Gesellschaft!
Eines Tages werden wir von allem abheben.
Die Luft des Todes werden wir unter den Flügeln spüren
und milder und wilder sein als hier.

Das Imhause ist unendlich

Es ist Frühjahr 1827. Beethoven
hißt seine Totenmaske und segelt ab.

Europas Windmühlen mahlen.
Die Wildgänse fliegen nach Norden.

Hier ist Norden, hier ist Stockholm,
schwimmender Palast und Bruchbude.

Die Holzscheite im königlichen Kaminfeuer
stürzen ein von Stillgestanden zu Rührteuch.

Friede, Impfstoff und Kartoffeln herrschen,
doch die Brunnen der Stadt atmen schwer.

Klokübel in Sänften wie Paschas
bewegen sich nachts über die Nordbrücke.

Die Kopfsteine bringen sie zum Schwanken,
Fräuleins, Strolche, feine Herrn.

Unerbittlich still ist das Schild
mit dem rauchenden Mohren.

So viele Inseln, so viele, die mit unsichtbaren
Rudern gegen den Strom rudern!

Die Fahrrinnen öffnen sich; April, Mai
und der holde honigtriefende Juni.

Die Hitze dringt zu Inseln weit draußen.
Die Türen des Dorfs stehn offen, bis auf eine.

Die Zeiger der Schlangenuhr belecken die Stille.
Die Felsplatten leuchten mit der Geduld der Geologie.

Es geschah so oder fast so.
Es ist eine dunkle Familiengeschichte

von Erik, vergiftet durch einen Zauberschuß,
invalid nach einer Kugel durch die Seele.

Er fuhr in die Stadt, traf auf einen Feind
und segelte nach Hause, krank und grau.

Diesen Sommer über bleibt er liegen.
Die Geräte an den Wänden trauern.

Er liegt wach, hört das Wollgeflatter
der Nachtfalter, der Mondscheinkumpane.

Die Kraft versiegt, vergebens stößt er an
den eisenbeschlagenen nächsten Tag.

Und der Gott der Tiefe ruft aus der Tiefe:
»Befrei mich! Befrei dich selbst!«

Alles Handeln im außen kehrt sich nach innen.
Er wird auseinandergenommen, er wird zusammengefügt.

Wind kommt auf, und die dornigen Rosenbüsche
haken sich fest im schwindenden Licht.

Die Zukunft öffnet sich, er blickt in das
selbstrüttelnde Kaleidoskop hinein

sieht undeutliche flatternde Gesichter,
die kommenden Geschlechtern angehören.

Versehentlich trifft mich sein Blick
während ich umhergehe grade hier

in Washington, zwischen riesigen Häusern:
jeder zweite Pfeiler nur hält.

Weiße Gebäude in Krematorienstil,
wo die Träume der Armen zu Asche werden.

Die sanfte Böschung gerät ins Rutschen
und verwandelt sich unmerklich zu Abgrund.

Vermeer

Keine geschützte Welt … Auf der andern Seite der Wand beginnt der Lärm
beginnt das Wirtshaus
mit Lachen und Pöbeln, Zahnreihen, Tränen, dem Dröhnen der Glocken
und dem geistesgestörten Schwager, dem Todbringer, vor dem alle zittern
    müssen.

Die große Explosion und das verspätete Trappeln der Rettung,
die Schiffe, die sich auf der Reede spreizen, das Geld, das dem Verkehrten in
    die Tasche kriecht,
Forderungen, die auf Forderungen gestapelt werden,
klaffende rote Blütenkelche, die Vorahnungen von Krieg ausschwitzen.

Von dort und quer durch die Wand in das helle Atelier,
in die Sekunde, die in Jahrhunderten leben wird.
Bilder: sie heißen »Die Musikstunde«
oder »Die Briefleserin« –
sie ist im achten Monat, zwei Herzen strampeln in ihr.
An der Wand dahinter hängt eine knittrige Karte von Terra incognita.

Ruhig atmen … Ein unbekannter blauer Stoff ist an die Stühle genagelt.
Die Goldnieten flogen mit unerhörter Geschwindigkeit herein
und hielten plötzlich ein,
als wären sie nie andres gewesen als Stille.

Es saust in den Ohren von Tiefe oder Höhe.
Das ist der Druck von der andern Seite der Wand.
Er bringt jede Tatsache zum Schweben
und macht den Pinsel fest.

Es tut weh, durch Wände zu gehn, man wird davon krank,
aber es muß sein.
Die Welt ist eins. Aber Wände …
Und die Wand ist ein Teil von dir selbst –

man weiß es oder weiß es nicht, doch es gilt für alle,
nur für kleine Kinder nicht. Für sie keine Wand.
Der helle Himmel hat sich schräg zur Wand gestellt.
Es ist wie ein Gebet zur Leere.
Und die Leere kehrt uns ihr Gesicht zu
und flüstert:
»Ich bin nicht leer, ich bin offen.«

Romanische Bögen

In der gewaltigen romanischen Kirche drängten sich die Touristen
im Halbdunkel.
Gewölbe klaffend um Gewölbe und kein Überblick.
Kerzenflammen flackerten.
Ein Engel ohne Gesicht umarmte mich
und flüsterte durch den ganzen Körper:
»Schäm dich nicht, Mensch zu sein, sei stolz!
In dir öffnet sich Gewölbe um Gewölbe, endlos.
Du wirst nie fertig, und es ist, wie es sein soll.«
Ich war blind vor Tränen
und wurde auf die sonnensiedende Piazza hinausgeschoben
zusammen mit Mr. und Mrs. Jones, Herrn Tanaka und Signora Sabatini,
und in ihnen allen öffnete sich Gewölbe um Gewölbe, endlos.

Epigramm

Die Gebäude des Kapitals, die Körbe der Mörderbienen, Honig für die
wenigen.
Hier diente er. Doch in einem dunklen Tunnel entfaltete er seine Flügel
und flog, wenn keiner zusah. Er muß sein Leben nochmals leben.

Frauenporträt – 19. Jahrhundert

Die Stimme erstickt im Kleid. Ihre Augen
folgen dem Gladiator. Und dann steht sie selber
in der Arena. Ist sie frei? Ein goldener Rahmen hält das
Bildnis im Schraubstock.

Mittelalterliche Motive

Hinter unserm bezaubernden Mienenspiel wartet
immer der Schädel, das Pokergesicht. Indes die
Sonne sachte am Himmel vorbeirollt.
              Das Schachspiel findet statt.

Aus dem Dickicht ein friseurscherenschneidendes Geräusch.
Die Sonne rollt sachte am Himmel vorbei.
Die Schachpartie endet mit Remis. Mit der
              Stille des Regenbogens.

Air Mail

Auf der Jagd nach einem Briefkasten
trug ich den Brief durch die Stadt.
Im großen Wald aus Stein und Beton
flatterte dieser verirrte Schmetterling.

Der fliegende Teppich der Briefmarke,
die torkelnden Buchstaben der Anschrift,
dazu meine versiegelte Wahrheit,
eben jetzt übers Meer schwebend.

Das kriechende Silber des Atlantiks.
Die Wolkenbänke. Das Fischerboot
wie ein ausgespuckter Olivenkern.
Und die bleiche Narbe des Kielwassers.

Hier unten geht die Arbeit langsam.
Ich schiele oft zur Uhr.
Die Baumschatten sind schwarze Zahlen
in der gierigen Stille.

Die Wahrheit ist da: auf dem Boden,
doch aufheben mag sie niemand.
Die Wahrheit liegt auf der Straße.
Zu seiner macht sie niemand.

Madrigal

Ich habe einen dunklen Wald geerbt, wohin ich selten gehe. Doch kommt ein Tag, an dem Tote und Lebende ihre Plätze vertauschen. Dann setzt sich der Wald in Bewegung. Wir sind nicht ohne Hoffnung. Die schwersten Verbrechen bleiben unaufgeklärt, trotz des Einsatzes vieler Polizisten. Ganz so gibt es in unseren Leben irgendwo eine unaufgeklärte große Liebe. Ich habe einen dunklen Wald geerbt, doch heute gehe ich in den andern Wald, den hellen. Alles Lebende, das singt, sich schlängelt, wedelt und kriecht! Es ist Frühling, und die Luft ist sehr stark. Mein Examen habe ich an der Universität des Vergessens gemacht und habe genauso leere Hände wie das Hemd auf der Wäscheleine.

Goldwespe

Die Blindschleiche, die fußlose Echse, fließt die Flurtreppe entlang,
still und majestätisch wie eine Anakonda, nur die Größe ist anders.
Der Himmel ist von Wolken bedeckt, aber die Sonne drückt sich durch.
So ist der Tag.

Heute morgen vertrieb meine Liebste die bösen Geister.
Wie wenn man im Süden die Tür zu einem dunklen Magazin aufmacht
und das Licht hereinquillt,
und die Kakerlaken flitzen schnell schnell in die Ecken und die Wände hoch
und sind weg – man hat sie gesehn und auch nicht gesehn –
so brachte ihre Nacktheit die Dämonen zum Fliehn.

Als hätte es sie nie gegeben.
Aber sie kommen zurück.
Mit tausend Händen, die den altmodischen Telephon-Klappenschrank der
Nerven fehlschalten.
Es ist der fünfte Juli. Die Lupinen recken sich, als wollten sie das Meer
sehn.
Es ist in der Kirche des Schweigens, in der buchstabenlosen Frömmigkeit.
Als gäbe es nicht die Gesichter der unversöhnlichen Patriarchen
und die Fehlschreibung von Gottes Namen in Stein.

Ich sah einen buchstabengläubigen Fernsehprediger, der massenhaft Geld
eingesammelt hatte.
Aber jetzt war er schwach und mußte von einem Bodyguard gestützt
werden,
einem gutgeschneiderten jungen Mann mit einem Lachen, einengend wie
ein Knebel.
Einem Lachen, das einen Schrei erstickte.
Den Schrei eines Kindes, das einsam in einem Bett im Krankenhaus
zurückgelassen wird, wenn die Eltern gehn.

Das Göttliche streift einen Menschen und entzündet eine Flamme,
weicht dann aber zurück.
Warum?
Die Flamme zieht die Schatten an, sie fliegen knisternd hinein und vereinigen sich mit der Flamme,
die ansteigt und schwarz wird. Und der Rauch breitet sich aus, schwarz und würgend.
Zuletzt nur der schwarze Rauch, zuletzt nur der fromme Henker.

Der fromme Henker beugt sich vor
über den Marktplatz und die Volksmenge, die einen höckrigen Spiegel bilden,
in dem er sich selbst sehen kann.

Der größte Fanatiker ist der größte Zweifler. Er weiß es nicht.
Er ist ein Pakt zwischen zweien:
der eine muß hundertprozentig sichtbar sein
und der andere unsichtbar.
Wie verabscheue ich den Ausdruck »hundertprozentig«!

Die niemals anderswo als auf ihrer Vorderseite verweilen können,
die niemals zerstreut sind,
die niemals die falsche Tür öffnen und einen Schimmer des Unidentifizierten zu sehen bekommen.
Geh an ihnen vorbei!

Es ist der fünfte Juli. Der Himmel ist von Wolken bedeckt, aber die Sonne drückt sich durch.
Die Blindschleiche fließt die Flurtreppe entlang, still und majestätisch wie eine Anakonda.
Die Blindschleiche, als gäbe es keine Ämter.
Die Goldwespe, als gäbe es keinen Götzendienst.
Die Lupinen, als gäbe es nicht »hundertprozentig«.

Ich kenne die Tiefe, wo man Gefangener wie auch Herrscher ist, wie Persephone.
Oft lag ich dort unten im steifen Gras und sah, wie die Erde sich über mir wölbte.
Das Erdgewölbe.
Oft, es war das halbe Leben.

Aber heute hat mein Blick mich verlassen.
Meine Blindheit ist gewichen.
Die dunkle Fledermaus hat das Gesicht verlassen und schert umher im hellen Raum des Sommers.

Die Trauergondel

1996

April und Schweigen

Öde liegt der Frühling.
Der samtdunkle Wassergraben
kriecht neben mir
ohne Spiegelbilder.

Das einzige, was leuchtet,
sind gelbe Blumen.

In meinem Schatten werde ich getragen
wie eine Geige
in ihrem schwarzen Kasten.

Das einzige, was ich sagen will,
glänzt außer Reichweite
wie das Silber
beim Pfandleiher.

Das Reich der Unsicherheit

Die Abteilungsleiterin lehnt sich vor und macht ein Kreuz,
und ihre Ohrgehänge baumeln wie Damoklesschwerter.

Wie ein gesprenkelter Falter am Boden unsichtbar wird,
verschmilzt der Dämon mit der aufgeschlagenen Zeitung.

Ein Helm, den Niemand trägt, hat die Macht übernommen.
Die Mutterschildkröte flieht fliegend unterm Wasser.

Nachtbuchblatt

In einer Mainacht ging ich an Land
bei kühlem Mondschein,
drin Gras und Blumen grau waren,
aber der Duft grün.

Ich schlüpfte den Hang hinan
in der farbenblinden Nacht,
während weiße Steine
zum Mond signalisierten.

Ein Zeitraum
wenige Minuten lang
achtundfünfzig Jahre breit.

Und hinter mir
jenseits der bleischimmernden Wasser
lag die andere Küste
und diejenigen, die herrschten.

Menschen mit Zukunft
statt eines Gesichts.

Trauergondel 2

I

Zwei Greise, Schwiegervater und Schwiegersohn, Liszt und Wagner,
wohnen am Canal Grande
zusammen mit der rastlosen Frau, die mit König Midas verheiratet ist,
dem, der alles, was er anfaßt, in Wagner verwandelt.
Die grüne Kälte des Meeres dringt durch den Fußboden in den Palast.
Wagner ist gezeichnet, das bekannte Kasperprofil ist müder als früher,
das Gesicht eine weiße Fahne.
Die Gondel ist schwer beladen mit ihren Leben, einmal Hin-und-Zurück
und einmal Einfach.

II

Ein Fenster im Palast fliegt auf, und man grimassiert in dem plötzlichen
Zugwind.
Auf dem Wasser draußen erscheint die Müllgondel, von zwei einruderigen
Banditen gepaddelt.
Liszt hat ein paar Akkorde niedergeschrieben, so schwer, daß sie nach Padua
ins Mineralogische Institut zur Analyse geschickt werden müßten.
Meteoriten!
Zu schwer, um zu ruhen; sie können nur durch die Zukunft sinken und
sinken, bis in die
Jahre der Braunhemden hinab.
Die Gondel ist schwer beladen mit den zusammengekauerten Steinen der
Zukunft.

III

Gucklöcher auf 1990.

25. März. Unruhe für Litauen.
Träumte, ich besuchte ein großes Krankenhaus.
Kein Personal. Alle waren Patienten.

Im selben Traum ein neugeborenes Mädchen,
das in vollständigen Sätzen sprach.

IV

Neben dem Schwiegersohn, einem Mann der Zeit, ist Liszt ein vermotteter
Grandseigneur.
Das ist eine Verkleidung.
Die Tiefe, die verschiedene Masken anprobiert und verwirft, hat genau *die*
hier für ihn ausgewählt –
die Tiefe, die zu den Menschen hineinschauen will, ohne ihr Gesicht zu
zeigen.

V

Abbé Liszt ist gewohnt, selber seine Reisetasche durch Schneeregen und
Sonnenschein zu tragen,
und wenn er einst sterben wird, kommt keiner zum Bahnhof.
Eine laue Brise von sehr begabtem Kognak entführt ihn mitten in einem
Auftrag.
Er hat immer Aufträge.
Zweitausend Briefe im Jahr!
Der Schuljunge, der das falsch buchstabierte Wort hundertmal schreibt,
eh' er nach Hause gehn darf.
Die Gondel ist schwer beladen mit Leben, sie ist einfach und schwarz.

VI

Wieder zu 1990.

Träumte, ich sei zwanzig Meilen vergebens gefahren.
Da wurde alles vergrößert. Spatzen groß wie Hühner
sangen ohrenbetäubend.

Träumte, ich hätte Klaviertasten auf den
Küchentisch gezeichnet. Ich spielte darauf, stumm.
Die Nachbarn kamen herein, um zuzuhören.

VII
Das Klavier, das den ganzen Parsifal hindurch geschwiegen (aber zugehört)
hat, darf endlich etwas sagen.
Seufzer … sospiri …
Wenn Liszt heute abend spielt, drückt er das Meerpedal hinunter;
so steigt die grüne Kraft des Meeres durch den Fußboden herauf und fließt
mit allen Steinen des Gebäudes zusammen.
Guten Abend, schöne Tiefen!
Die Gondel ist schwer beladen mit Leben, sie ist einfach und schwarz.

VIII
Träumte, ich sollte mit der Schule anfangen, kam aber zu spät.
Alle im Zimmer trugen weiße Masken vorm Gesicht.
Wer der Lehrer war, ließ sich nicht sagen.*

* Um die Jahreswende 1882/1883 besuchte Liszt seine Tochter Cosima und ihren Mann, Richard Wagner, in Venedig. Wagner starb einige Monate später. Während dieser Zeit komponierte Liszt zwei Klavierstücke, die unter dem Titel »Trauergondel« veröffentlicht wurden.

Landschaft mit Sonnen

Die Sonne gleitet hinter der Hauswand hervor,
stellt sich mitten in die Straße
und atmet uns an
mit ihrem roten Blasen.
Innsbruck ich muß dich lassen.
Aber morgen
steht eine glühende Sonne
in dem halbtoten grauen Wald:
dort müssen wir arbeiten und leben.

November in der DDR

Das allmächtige Zyklopenauge ging in Wolken,
und das Gras schüttelte sich im Kohlenstaub.

Zermürbt von den Träumen der Nacht
besteigen wir den Zug,
der an jedem Bahnhof hält
und Eier legt.

Es ist ganz still.
Das Klangeln von den Eimern der Kirchenglocken,
die Wasser holen.
Und der unerbittliche Husten von einem,
der alles und alle beschimpft.

Ein Steingötze bewegt seine Lippen:
das ist die Stadt.
Dort herrschen eiserne Mißverständnisse
unter Kioskhelfern, Schlachtern,
Klempnern, Marineoffizieren,
eiserne Mißverständnisse, Akademiker.

Wie meine Augen schmerzen!
Sie haben gelesen beim matten Schein der Leuchtkäferlampen.

Der November bietet granitene Karamelbonbons an.
Unberechenbar!
Wie die Weltgeschichte,
die an der falschen Stelle lacht.

Doch wir hören das Klangeln
von den Eimern der Kirchenglocken, wenn sie Wasser holen
jeden Mittwoch
– ist es Mittwoch? –
von wegen unsere Sonntage!

Aus dem Juli '90

Ein Begräbnis war es,
und ich spürte, daß der Tote
meine Gedanken besser las
als ich selber.

Die Orgel schwieg, die Vögel sangen.
Die Grube im Sonnenglast draußen.
Die Stimme meines Freundes hielt sich an der
Rückseite der Minuten auf.

Ich fuhr nach Hause, durchschaut
vom Glanz des Sommertages,
von Regen und Stille,
durchschaut vom Monde.

Der Kuckuck

In der Birke gleich nördlich vom Hause saß ein Kuckuck und rief. Er war so laut, daß ich erst glaubte, ein Opernsänger gebe eine Kuckuckimitation. Mit Staunen sah ich den Vogel. Die Schwanzfedern bewegten sich bei jedem Ton auf und ab, wie der Schwengel einer Pumpe. Der Vogel hüpfte mit geschlossenen Füßen, drehte sich um und schrie in alle Himmelsrichtungen. Dann hob er ab und flog leise fluchend über das Haus und weit weg nach Westen … Der Sommer altert, und alles verfließt zu einem einzigen wehmütigen Rauschen. *Cuculus canorus* kehrt zurück in die Tropen. Seine Zeit in Schweden ist vorbei. Lang ist sie nicht geworden! In Wirklichkeit ist der Kuckuck ein Bürger von Zaire … Ich bin nicht mehr so närrisch aufs Reisen. Aber die Reise besucht mich. Jetzt, wo ich immer weiter in eine Ecke gedrängt werde, wo die Jahresringe wachsen, wo ich eine Lesebrille brauche. Immer geschieht sehr viel mehr, als wir tragen können! Nichts gibt es, worüber man staunen muß. Diese Gedanken tragen mich genauso treulich, wie Susi und Chuma Livingstones Mumie quer durch Afrika trugen.

Drei Strophen

I

Der Ritter und seine Frau
versteinert, aber glücklich
auf einem fliegenden Sargdeckel
außerhalb der Zeit.

II

Jesus hielt eine Münze hoch
mit Tiberius im Profil,
ein Profil ohne Liebe,
die Macht in Umlauf.

III

Ein fließendes Schwert
löscht die Erinnerungen aus.
Im Boden rosten
Trompeten und Gehänge.

Wie Kind zu sein

Wie Kind zu sein, und eine unerhörte Verunglimpfung
wird einem über den Kopf gezogen wie ein Sack,
durch die Maschen des Sacks schimmert die Sonne,
und man hört die Kirschbäume summen.

Aber es hilft nicht, die große Verunglimpfung
bedeckt Kopf und Torso und Knie,
und man bewegt sich sporadisch,
freut sich aber nicht über den Frühling.

Ja, glitzernde Mütze, zieh sie übers Gesicht –
durch die Maschen starren.
Auf der Bucht wimmeln lautlos die Wasserringe.
Grüne Blätter verdunkeln die Erde.

Zwei Städte

Auf je ihrer Seite eines Sundes zwei Städte:
die eine verdunkelt, besetzt vom Feinde.
In der andern brennen die Lampen.
Der leuchtende Strand hypnotisiert den dunkeln.

Ich schwimme in Trance hinaus
auf die glitzernden dunklen Wasser.
Ein dumpfer Tubastoß dringt herein.
Es ist die Stimme eines Freundes, nimm dein Grab und geh.

Das Licht strömt herein

Vorm Fenster draußen ist das lange Tier des Frühlings,
der durchsichtige Drache aus Sonnenschein
fließt vorbei wie ein endloser
Vorortzug – nie gelang es uns, den Kopf zu sehn.

Die Strandvillen bewegen sich seitlich,
sie sind stolz wie Krebse.
Die Sonne bringt die Statuen zum Blinken.

Das wütende Feuermeer im Raume draußen
wird zu einer Liebkosung verirdischt.
Der Countdown hat begonnen.

Nächtliche Reise

Es wimmelt unter uns. Die Züge gehen.
Das Hotel »Astoria« bebt.
Ein Glas Wasser am Bettrand
leuchtet in den Tunneln.

Er träumte, er sei Gefangener in Svalbard.
Der Planet drehte sich grollend.
Glitzernde Augen gingen über die Eise.
Die Schönheit der Wunder war da.

Haiku

I

Die Stromleitungen
im Reich der Kälte gespannt,
nördlich von aller Musik.

*

Die weiße Sonne
in einsamem Trainingslauf zu den
blauen Bergen des Todes.

*

Wir müssen leben
mit dem feingestylten Gras
und dem Kellergelächter.

*

Die Sonne steht tief jetzt.
Unsre Schatten sind Riesen.
Bald ist alles Schatten.

II

Die Orchideen.
Tankschiffe gleiten vorbei.
Es ist Vollmond.

III

Mittelalterliche Burg,
fremde Stadt, kalte Sphinx,
leere Arenen.

*

Der Löwe flüsterte:
ein Wildschwein spielt Orgel.
Und die Uhren schlugen.

*

Und die Nacht strömt
von Osten nach Westen
mit Mondgeschwindigkeit.

IV

Ein Paar Libellen,
ineinander verhakt,
schwirrte vorbei.

*

Anwesenheit von Gott.
Im Tunnel des Vogelgesangs
wird ein verschlossenes Tor geöffnet.

*

Eichen und der Mond.
Licht und stumme Sternbilder.
Das kalte Meer.

Von der Insel 1860

I

Eines Tages, als sie am Bootssteg Wäsche spülte,
stieg die Kälte der Bucht durch die Arme hinauf
und hinein in den Leib.

Die Tränen gefroren zu Brillen.
Die Insel erhob sich im Gras,
und die Strömlingsfahne wehte in der Tiefe.

II

Und der Schwarm der Pocken holte ihn ein,
stieß nieder auf sein Gesicht.
Er liegt da und starrt zum Dach hinauf.

Wie sich's das Schweigen hinaufruderte.
Der ewig rinnende Fleck des Jetzt
der ewig blutende Punkt des Jetzt.

Schweigen

Geh vorbei, sie sind begraben …
Eine Wolke gleitet über die Sonnenscheibe.

Der Hunger ist ein hohes Gebäude
das nachts den Platz wechselt

im Schlafzimmer öffnet sich der dunkle Stab
eines Fahrstuhlschachts auf die Innentümer.

Blumen im Graben. Tusch und Schweigen.
Geh vorbei, sie sind begraben …

Das Tafelsilber überlebt in großen Schwärmen
in großer Tiefe: dort ist der Atlantik schwarz.

Mittwinter

Ein blauer Schein
strömt aus von meinen Kleidern.
Mittwinter.
Klirrende Tamburine aus Eis.
Ich schließe die Augen.
Eine lautlose Welt gibt es
einen Spalt gibt es
da werden Tote
über die Grenze geschmuggelt.

Eine Skizze aus dem Jahre 1844

William Turners Gesicht ist wetterbraun.
Seine Staffelei hat er weit draußen zwischen den Brechern.
Wir folgen dem silbergrünen Kabel hinab in die Tiefen.

Er watet hinaus in das seichte Todesreich.
Ein Zug rollt ein. Komm näher.
Regen, Regen fährt über uns.

Gefängnis

1959/2001

Sie treten Fußball
plötzliche Verwirrung – der Ball
flog über die Mauer.

*

Sie toben oft
um die Zeit in rascheren
Trab zu scheuchen.

*

Falsch buchstabierte Leben –
die Schönheit lebt fort als
Tätowierungen.

*

Als der Ausreißer gefaßt wurde
hatte er die Taschen
voller Pfifferlinge.

*

Das Dröhnen der Werkstätten
und die schweren Schritte der Wachttürme
verwirrten den Wald.

*

Das Tor gleitet auf
wir stehen auf dem Anstaltshof
in einer neuen Jahreszeit.

*

Die Lampen der Mauer gehen an –
der Nachtflieger sieht einen Flecken
unwirklichen Lichts.

*

Nacht – ein Fernlaster
fährt vorbei, die Träume der
Insassen in Zittern.

*

Der Junge trinkt Milch
und schläft geborgen in seiner Zelle,
eine Mutter aus Stein.

Das große Rätsel

2004

Der Adlerfels

Hinterm Glas des Terrariums
die Reptile
seltsam reglos.

Eine Frau hängt Wäsche auf
im Schweigen.
Der Tod ist windstill.

In der Tiefe des Bodens
gleitet meine Seele
schweigend wie ein Komet.

Fassaden

I

Am Ende des Weges seh ich die Macht
und sie ähnelt einer Zwiebel
mit überlappenden Gesichtern
die eins nach dem anderen abgehn …

II

Die Theater leeren sich. Es ist Mitternacht.
Buchstaben flammen auf den Fassaden.
Das Rätsel der unbeantworteten Briefe
sinkt durch das kalte Glitzern.

November

Wenn der Büttel sich langweilt, wird er gefährlich.
Der brennende Himmel zieht sich zusammen.

Klopfzeichen sind zu hören von Zelle zu Zelle
und der Raum strömt herauf aus dem Bodenfrost.

Manche Steine leuchten wie Vollmonde.

Schnee fällt

Die Begräbnisse kommen
dichter und dichter
wie die Straßenschilder
wenn man sich einer Stadt nähert.

Die Blicke Tausender von Menschen
im Land der langen Schatten.

Eine Brücke baut sich
langsam
gerade hinaus in den Raum.

Namenszüge

Ich muß über die dunkle
Schwelle steigen.
Ein Saal.
Das weiße Dokument leuchtet.
Mit vielen Schatten, die sich bewegen.
Alle wollen es unterzeichnen.

Bis das Licht mich einholte
und die Zeit zusammenfaltete.

Haiku

I

Ein Lamakloster
mit hängenden Gärten.
Schlachtengemälde.

*

Die Wand der Hoffnungslosigkeit …
Die Tauben kommen und gehn
ohne Gesichter.

*

Gedanken stehn stille
wie die Mosaikplatten
im Palasthof.

*

Steh auf dem Balkon
in einem Käfig aus Sonnenstrahlen –
wie ein Regenbogen.

*

Summe im Nebel
Ein Fischerboot weit draußen –
Trophäe auf dem Wasser.

*

Glitzernde Städte:
Töne, Märchen, Mathematik –
doch anders.

II

Renhirsch im Sonnenglast.
Die Fliegen nähen und nähen
den Schatten am Boden fest.

III

Ein quälender Wind
zieht durchs Haus heute nacht –
die Namen der Dämonen.

*

Struppige Kiefern
auf demselben tragischen Moor.
Immer und immer.

*

Vom Dunkel getragen.
Ich begegnete einem großen Schatten
in einem Paar Augen.

*

Die Novembersonne …
mein Riesenschatten schwimmt
und wird eine Luftspiegelung.

*

Diese Meilensteine
die sich auf Wanderschaft begeben haben.
Horch, die Stimme der Waldtaube.

*

Der Tod beugt sich
über mich, eine Schachaufgabe.
Und hat dic Lösung.

IV

Die Sonne verschwindet.
Der Schleppdampfer guckt mit dem
Bulldoggengesicht.

*

Auf einem Felsenabsatz
ist der Spalt in der Trollwand zu sehn.
Der Traum ein Eisberg.

*

Die Steilhänge hinan
unter der Sonne – die Ziegen
die Feuer grasten.

V

Und Natternkopf, Natternkopf
erhebt sich aus dem Asphalt
wie ein Bettler.

*

Das braune Laub
ist genauso kostbar wie
Schriftrollen vom Toten Meer.

VI

Auf einem Regal in der
Bibliothek der Toren
die Postille unberührt.

*

Komm heraus aus dem Tümpel!
Die Welse schütteln sich vor Lachen
wenn die Kiefer zwölf schlägt.

*

Mein Glück schwoll
und die Frösche sangen in den
pommerschen Tümpeln.

*

Er schreibt, schreibt …
Leim floß in den Kanälen.
Der Prahm über den Styx.

*

Geh still wie ein Regen,
triff auf das flüsternde Laub.
Horch, die Glocke im Kreml!

VII

Verblüffender Wald
wo Gott wohnt ohne Geld.
Die Mauern leuchteten.

*

Kriechende Schatten …
Wir sind im Wald verirrt
im Klan der Morcheln.

*

Eine schwarzweiße Elster
hüpft eigensinnig im Zickzack
quer über die Felder.

*

Schaut, wie ich sitze
wic cin an Land gezogener Kahn.
Hier bin ich glücklich.

*

Die Alleen trotten
in Koppeln von Sonnenstrahlen.
Rief jemand?

VIII

Das Gras richtet sich auf –
sein Gesicht ein Runenstein
zum Gedenken errichtet.

*

Hier ist ein dunkles Bild.
Übermalte Armut,
Blumen in Häftlingskluft.

IX

Wenn die Zeit kommt
ruht der blinde Wind
an den Fassaden aus.

*

Ich bin dort gewesen –
und auf einer weißgekalkten Wand
versammeln sich die Fliegen.

*

Genau hier brannte die Sonne …
Ein Mast mit schwarzen Segeln
von langeher.

*

Halte aus, Nachtigall!
Aus der Tiefe wächst es hervor –
wir sind verkleidet.

x

Der Tod beugt sich vor
und schreibt auf die Meeresfläche.
Die Kirche atmet Gold.

*

Etwas ist geschehn.
Der Mond erhellte das Zimmer.
Gott wußte davon.

*

Das Dach barst
und der Tote kann mich sehen.
Dieses Gesicht.

*

Horch, das Rauschen von Regen.
Ich flüstere ein Geheimnis
um hineinzukommen.

*

Szene auf dem Bahnsteig.
Welche seltsame Ruhe –
die innere Stimme.

XI

Offenbarung.
Der alte Apfelbaum.
Das Meer ist nah.

*

Das Meer ist eine Mauer.
Ich höre die Möwen schrein –
sie winken uns zu.

*

Gottes Wind im Rücken.
Der Schuß, der geräuschlos kommt –
ein allzu langer Traum.

*

Aschfarbenes Schweigen.
Der blaue Riese geht vorbei.
Kalte Brise vom Meer.

*

Großer und langsamer Wind
aus der Bibliothek des Meeres.
Hier darf ich ruhen.

*

Menschenvögel.
Die Apfelbäume blühten.
Das große Rätsel.

Die Erinnerungen sehen mich

1993

Erinnerungen

»Mein Leben«. Wenn ich diese Worte denke, sehe ich einen Lichtstreifen vor mir. Bei näherer Betrachtung hat der Lichtstreifen die Form eines Kometen, mit Kopf und Schweif. Das lichtstärkste Ende, der Kopf, sind die Kindheit und das Heranwachsen. Der Kern, sein dichtester Teil, ist die sehr frühe Kindheit, wo die wichtigsten Züge in unserem Leben festgelegt werden. Ich versuche, mich zu erinnern, versuche, dahin vorzudringen. Aber es ist schwer, sich in diesen verdichteten Bezirken zu bewegen, es ist gefährlich, ein Gefühl, als käme ich dem Tode nahe. Weiter hinten verdünnt sich der Komet – das ist der längere Teil, der Schweif. Er wird immer spärlicher, aber auch breiter. Ich bin jetzt weit im Kometenschweif drinnen, ich bin sechzig Jahre alt, da ich dies schreibe.

Die frühesten Erlebnisse sind größtenteils unerreichbar. Nacherzählungen, Erinnerungen an Erinnerungen, Rekonstruktionen auf der Grundlage plötzlich auflodernder Stimmungen.

Meine früheste datierbare Erinnerung ist ein Gefühl. Ein Gefühl von Stolz. Ich bin gerade drei Jahre alt geworden, und man hat mir gesagt, es sei sehr bedeutsam, daß ich jetzt groß geworden sei. Ich liege zu Bett in einem hellen Zimmer und klettere dann auf den Fußboden hinunter, mir unerhört dessen bewußt, daß ich dabei bin, erwachsen zu werden. Ich habe eine Puppe, der habe ich den schönsten Namen gegeben, den ich mir ausdenken konnte: KARIN SPINNA. Ich behandle sie nicht mütterlich. Eher ist sie ein Kumpan oder ein Schwarm.

Wir wohnen in Stockholm, im Stadtteil Söder; die Anschrift lautet: Swedenborgsgatan 33 (heute Grindsgatan). Papa ist noch bei der Familie, wird sie aber bald verlassen. Der Umgangston ist recht »modern« – von Anfang an sage ich zu meinen Eltern du. Die Großeltern mütterlicherseits sind in der Nähe: sie wohnen um die Ecke, in der Blekingegata.

Großvater, Carl Helmer Westerberg, wurde 1860 geboren. Er war Lotse und mein sehr enger Freund, 71 Jahre älter als ich. Seltsamerweise hatte er dasselbe Altersverhältnis zu seinem eigenen Großvater mütterlicherseits, der somit 1789 geboren war: die Bastille wurde erstürmt, der Anjala-Aufstand, Mozart schrieb das Klarinettenquintett. Zwei gleich große Schritte nach hinten, zwei lange Schritte, dennoch so lang nicht. Man kann die Geschichte anfassen.

Großvater sprach die Sprache des 19. Jahrhunderts. Viele Wendungen würden sich heute auffallend altertümlich ausnehmen. In seinem Munde und für mich klangen sie ganz natürlich. Er war ein ziemlich untersetzter Mann, mit weißem Schnurrbart und einer kräftigen, leicht gebogenen Nase – »wie bei einem Türken«, sagte er selber. An Temperament fehlte es ihm nicht, und er konnte aufbrausen. Ein solcher Ausbruch wurde nie richtig ernst genommen und ging sogleich vorüber. An ausdauernder Aggressivität fehlte es ihm gänzlich. In Wirklichkeit war er so versöhnlich, daß er Gefahr lief, als lasch zu gelten. Auch mit nicht anwesenden Personen, die in einem gewöhnlichen Gespräch angeschwärzt wurden, wollte er sich gutstellen. »Aber Papa muß doch wohl zugeben, daß X ein Schuft ist!« – »Hör mal, davon weiß ich nichts.«

Nach der Scheidung zogen Mama und ich in die Folkungagata 57; das war ein Haus für die untere Mittelklasse. Dort wohnte eine bunte Ansammlung von Menschen dicht beieinander. Die Erinnerungen an das Haus gliedern sich ungefähr wie in einem Film aus den dreißiger oder den vierziger Jahren, mit einer Personengalerie, die da hineinpassen würde. Die liebenswerte Portiersfrau, der wortkarge starke Portier, den ich unter anderem deshalb bewunderte, weil er generatorengasvergiftet war – das deutete auf eine heldenhafte Nähe zu gefährlichen Maschinen.

Ein spärlicher Verkehr von Unbefugten lief ab. Es kam vor, daß Trunkenbolde sich im Treppenhaus erholten. Ein paarmal in der Woche klingelten Bettler an der Tür. Sie standen murmelnd im Flur. Mama strich Butterbrote für sie – sie gab Brotscheiben statt Geld. Wir wohnten im fünften Stock. Ganz oben also. Außer der Bodentür gab es vier Türen. Auf einer davon stand der Name Örke, ein Pressefotograf. Irgendwie war es ein tolles Gefühl, neben einem Pressefotografen zu wohnen.

Unser nächster Nachbar, derjenige, den man durch die Wand hören konnte, war ein Junggeselle höheren mittleren Alters mit bleichgelber

Hautfarbe. Er übte seinen Beruf zu Hause aus, machte irgendwelche Maklergeschäfte über Telefon. Während der Telefongespräche gab er oft mitreißende Lachsalven von sich, die durch die Wand zu uns drangen. Ein anderes ständig wiederkehrendes Geräusch war das Knallen von Korken. Die Bierflaschen hatten damals keine Kapselverschlüsse. Diese dionysischen Geräusche, die Lachsalven und das Korkenknallen, wollten nicht zu dem bleichen Gesellen passen, den ich bisweilen im Aufzug traf. Mit den Jahren wurde er mißtrauisch, und die Lacher wurden seltener.

Einmal kam es zu Gewalttätigkeiten. Ich war noch klein. Ein Nachbar war von seiner Frau ausgeschlossen worden, er war betrunken und tobte, und sie hatte sich verbarrikadiert. Er versuchte, die Tür einzuschlagen, und stieß Drohungen aus. Erinnern kann ich mich, daß er folgenden sonderbaren Satz schrie:

»Es ist mir scheißegal, ob ich auf den Kungsholm komme!«

»Was meint er mit dem Kungsholm?« fragte ich Mama. Sie erklärte, auf dem Kungsholm liege die Polizeiwache. Der Stadtteil bekam etwas Heimtückisches. (Das wurde noch verstärkt, als ich das Sankt-Eriks-Krankenhaus besuchte und die Kriegsversehrten aus Finnland sah, die dort im Winter 1939/40 gepflegt wurden.) Frühmorgens ging Mama zur Arbeit. Sie fuhr nicht, sondern ging. Während ihres ganzen Erwachsenenlebens lief sie zwischen den Stadtteilen Söder und Östermalm zu Fuß hin und her – sie arbeitete an der Hedvig-Eleonora-Volksschule und betreute Jahr für Jahr die dritte und die vierte Klasse. Sie war eine ergebene Lehrerin und Kindern sehr zugetan. Man hätte glauben sollen, daß es schwer für sie würde, sich pensionieren zu lassen. Aber so kam es durchaus nicht, sie empfand große Erleichterung.

Mama war berufstätig, und deshalb hatten wir eine Haushaltshilfe oder »Jungfer«, wie das damals hieß, obschon es wohl Kindermädchen heißen müßte. Sie nächtigte in einem winzigen Zimmer, das mit der Küche zusammenhing und nicht zu der Zwei-Zimmer-mit-Küche-Wohnung zählte, wie die offizielle Bezeichnung unserer Wohnung lautete.

Als ich im Alter von fünf, sechs Jahren war, hieß die Haushaltshilfe Anna-Lisa und stammte aus Eslöv. Ich fand sie sehr anziehend: krauses helles Haar, Stupsnase, ein sanfter schonischer Dialekt. Sie war ein wonniger Mensch, und noch immer empfinde ich etwas Besonderes, wenn ich am Bahnhof von Eslöv vorbeifahre. Ich bin an dieser magischen Stätte aber niemals ausgestiegen. Zu ihren Talenten gehörte, daß sie sehr gut zeichnete. Sie war Spezialistin für die Figuren von Walt Disney. Selber zeichnete ich fast ununterbrochen während dieser Jahre, Ende der Dreißiger. Großvater brachte Rollen weißen Packpapiers mit nach Hause, wie es damals in allen Lebensmittelgeschäften benutzt wurde, und ich füllte die Bogen mit gezeichneten Geschichten. Zwar hatte ich im Alter von fünf Jahren schreiben gelernt, aber das ging zu langsam. Die Phantasie verlangte schnellere Ausdrucksmittel. Außerdem hatte ich keine Geduld, ordentlich zu zeichnen. Ich entwickelte so etwas wie eine Figuren-Stenografie mit Körpern in heftiger Bewegung und halsbrecherischer Dynamik, aber ohne Einzelheiten. Es waren Zeichenserien, die nur von mir selbst konsumiert wurden.

Irgendwann Mitte der dreißiger Jahre verschwand ich mitten in Stockholm. Mama und ich waren bei einem Schulkonzert gewesen. Im Gedränge am Ausgang des Konzertgebäudes löste sich mein Griff aus Mamas Hand. Unrettbar wurde ich vom Menschenstrom fortgetragen, und da ich so klein war, konnte man mich nicht entdecken. Auf dem Hötorg-Platz wurde es dunkel. Da stand ich, aller Geborgenheit beraubt. Um mich herum waren Menschen, doch die hatten ihre Ziele im Kopf. Es gab nichts, an das ich mich hätte halten können. Das war mein erstes Erleben des Todes.

Nach einer Stunde der Panik fing ich an zu denken. Es müßte möglich sein, nach Hause zu gehen. Das war durchaus möglich. Hingekommen waren wir mit dem Bus. Wie gewöhnlich hatte ich auf dem Sitz gekniet und zum Busfenster hinausgeguckt. Die Drottninggata war vorbeigezogen. Jetzt galt es nur, denselben Weg zurückzugehen, Bushaltestelle um Bushaltestelle. Ich ging in die richtige Richtung. Von dem langen Fußweg erinnere ich mich deutlich nur an einen Abschnitt. Daß ich nämlich zur Nordbrücke kam und das Wasser sah. Der Verkehr war hier dicht, und ich wagte nicht, die Straße zu überqueren. Ich wandte mich an einen Mann, der neben mir stand, und sagte: »Hier ist viel Verkehr.« Er nahm mich an der Hand und führte mich hinüber.

Danach aber ließ er mich stehen. Ich weiß nicht, warum er und alle anderen unbekannten Erwachsenen es ganz in Ordnung fanden, daß ein kleiner Junge an einem dunklen Abend allein durch Stockholm wanderte. Doch so war es. Der restliche Fußweg – durch die Altstadt, an Slussen vorbei und durch den Stadtteil Söder – muß kompliziert gewesen sein. Vielleicht ging ich dem Ziel nach demselben geheimnisvollen Kompaß entgegen, den Hunde und Brieftauben bei sich führen – die finden ja immer nach Hause, ganz gleich, wo man sie läßt. An diesen Teil habe ich keine Erinnerung. Doch: diejenige, daß mein Selbstvertrauen die ganze Zeit wuchs, und als ich nach Hause kam, befand ich mich in einem Rauschzustand. Großvater nahm mich in Empfang. Meine zerknirschte Mama saß bei der Polizei und verfolgte die Nachforschungen. Großvaters gute Nerven versagten nicht, er nahm mich ganz selbstverständlich in Empfang. Begreiflicherweise war er froh, aber er dramatisierte nicht. Alles war Geborgenheit und Natürlichkeit.

Museen

Während der Kindheit zog es mich in Museen. Erst war es das Naturhistorische Reichsmuseum in der Villa Frescati außerhalb von Stockholm. Was für ein Gebäude! Gigantisch, babylonisch, unerschöpflich! Im Souterrain Saal um Saal, wo es von ausgestopften Säugetieren und Vögeln im Staub wimmelte. Außerdem die knochenstinkenden Gewölbe, wo unter der Decke die Wale hingen. Und im nächsten Stockwerk: die Versteinerten, die Wirbellosen …

Das Reichsmuseum besuchte ich an jemandes Hand. Ich war etwa fünf Jahre alt. Am Eingang stand man vor zwei Elefantenskeletten. Das waren die beiden Hüter am Tor zum Wunderbaren. Sie machten auf mich einen überwältigenden Eindruck, und ich zeichnete sie auf einen großen Zeichenblock ab.

Nach einiger Zeit hörten die Besuche im Reichsmuseum auf. Ich war in eine Phase gekommen, wo ich unerhörte Angst vor Skeletten hatte. Am gefährlichsten war das Gerippe, das sich im Anschluß an den Artikel MENSCH im »Nordischen Familienbuch« abgebildet fand. Aber die Angst erstreckte sich auf Skelette ganz allgemein, also auch auf die Skelette im Museum. Ich bekam sogar Angst vor meiner eigenen Zeichnung von ihnen und wagte nicht, den Block aufzuschlagen. Ich wandte nun mein Interesse dem Eisenbahnmuseum zu. Jetzt breitet es sich am Stadtrand von Gävle aus, aber damals lag das ganze Museum eingeklemmt in einem Winkel des Stadtviertels Klara. Ein paarmal in der Woche wanderten ich und mein Großvater mütterlicherseits von den Höhen in Söder hinab und besuchten das Museum. Großvater muß ebenfalls von den Zugmodellen angetan gewesen sein, sonst hätte er schwerlich durchgehalten. Ein voller Tag wurde es, wenn wir zum Schluß im nahe gelegenen Stockholmer Hauptbahnhof ankamen, wo die Züge in natürlicher Größe hereindampften.

Dem Personal fiel der fanatische Eifer des Knaben auf, und bei einer Gelegenheit wurde ich in das Museumsbüro geholt und durfte meinen Namen (mit umgedrehtem S) in ein Gästebuch schreiben. Ich wollte Eisenbahningenieur werden. Doch mehr als die modernen Elektroloks interessierten mich Dampflokomotiven. Mit anderen Worten: ich war mehr Romantiker als Techniker. Etwas später, schon im Schulalter, kehrte ich zum Reichsmuseum zurück. Ich war jetzt Amateurzoologe, seriös, altklug. Ich saß über die Bücher mit Insekten und Fischen gebeugt.

Ich hatte selber zu sammeln begonnen. Meine Sammlungen fanden zu Hause in einem Schrank Platz. Aber in meinem Schädel wuchs ein riesiges Museum heran, und zwischen diesem Phantasiemuseum und dem sehr realen bei Frescati entstand ein Zusammenspiel. Ungefähr jeden zweiten Sonntag fuhr ich zum Reichsmuseum hinaus. Ich nahm die Straßenbahn bis Roslagstull und ging die letzten Kilometer zu Fuß. Der Weg war immer etwas länger, als ich mir vorgestellt hatte. Ich erinnere mich sehr gut an diese Wanderungen, immer blies es, die Nase triefte, die Augen tränten. An die Spaziergänge in der Gegenrichtung erinnere ich mich nicht; es ist, als wäre ich nie nach Hause, nur immer hingegangen, eine triefnasige, tränenäugige, erwartungsvolle Wanderung zu dem babylonischen Riesengebäude. Glücklich angekommen, wurde ich von den Elefantenskeletten begrüßt. Später ging ich oft direkt in die »alte« Abteilung, mit Tieren, die schon im 18. Jahrhundert ausgestopft worden waren, teilweise ganz unbeholfen präpariert, mit geschwollenen Köpfen. Dennoch herrschte dort eine besondere Magie. Große künstliche Landschaften mit elegant modellierten aufgestellten Tiernachbildungen dagegen fesselten mich nicht – das war Illusionsmache, etwas für Kinder. Nein, es sollte ganz deutlich sein, daß es sich nicht um lebende Tiere handelte. Sie waren ausgestopft, sie standen im Dienste der Wissenschaft. Die Wissenschaft, der ich nahestand, war die linnésche: entdecken, sammeln, bestimmen.

Das Museum wurde durchstreift. Langer Aufenthalt bei den Walen und in der paläontologischen Abteilung. Und danach die Abteilung, in der ich mich am häufigsten aufhielt: die Abteilung der Wirbellosen. Ich hatte nie Kontakt zu anderen Besuchern. Eigentlich erinnere ich mich nicht, daß es andere Besucher überhaupt gab. Andere Museen, die ich mehr zufällig besuchte – das Schiffahrts-, das Ethnographische, das Technische Museum –, waren immer voller Leute. Aber das Reichsmuseum schien einzig für mich geöffnet zu sein. Eines Tages geriet ich an einen Mitmenschen. Nein, kein Besucher; er war Professor oder dergleichen, arbeitete im Museum. Wir begegneten einander in der Evertebraten-Abteilung, er materialisierte sich plötzlich zwischen den Schaukästen, an Wuchs fast ebenso klein wie ich. Halb sprach er zu sich selbst. Sogleich verwickelten wir uns in ein Gespräch über Weichtiere. Er war so zerstreut oder vorurteilslos, daß er mich wie einen Erwachsenen behandelte. Einer jener Schutzengel, die ab und zu während meiner Kindheit auftauchten und mich mit ihren Flügeln streiften. Die Unterhaltung führte dazu, daß ich eine Abteilung betreten durfte, die nicht für die Allgemeinheit gedacht war. Ich bekam eine Menge guter Ratschläge für das Präparieren von Kleintieren und wurde mit Glasröhrchen versorgt, die zu einer wirklich professionellen Ausrüstung zu gehören schienen.

Insekten, vor allem Käfer, sammelte ich, als ich elf Jahre alt geworden war und ungefähr bis zum Ende meines fünfzehnten Lebensjahres. Dann machten sich andere, konkurrierende Interessen geltend, meist künstlerische. Was für ein wehmütiges Gefühl, daß die Entomologie ihnen weichen mußte! Ich redete mir ein, das sei nur vorübergehend. In fünfzig Jahren etwa würde ich das Sammeln wieder aufnehmen.

Die Tätigkeit fing im Frühling an, blühte natürlich aber am stärksten im Sommer, auf der Insel Runmarö. Im Sommerhaus, wo wir uns auf sehr wenigen Quadratmetern bewegten, standen Glasbüchsen mit abgetötetem Getier und ein Spannbrett für Schmetterlinge. Und über allem schwebte ein Gestank nach Essig-Äther, der außerdem um meine Person stand, da ich stets ein Gefäß mit dem insektentötenden Mittel in der Tasche trug. Zweifellos wäre es effizienter gewesen, Zyankali zu benutzen, wie das Handbuch empfahl. Zum Glück war dieses Mittel mir nicht zugänglich, und ich brauchte meinen Mannesmut nie auf die Probe zu stellen, dazu ja oder nein zu sagen.

An der Insektenjagd beteiligten sich viele. Die Kinder in der Nähe lernten Alarm schlagen, wenn sie ein Tier sahen, das interessant sein konnte. »Ein Tie-ie-ierü« hallten die Schreie durchs Dorf, und ich kam mit dem Kescher angestürzt.

Ständig war ich auf Exkursionen unterwegs. Ein Leben in frischer

Luft ohne den geringsten Gesundheitsaspekt. Ästhetische Gesichtspunkte wandte ich auf meine Fänge natürlich nicht an – es war ja Wissenschaft –, aber ich nahm viele Erlebnisse von Schönheit in mich auf, ohne davon zu wissen. Ich bewegte mich in dem großen Mysterium. Ich lernte, daß der Erdboden lebt, daß es eine unendlich große kriechende und fliegende Welt gibt, die ihr eigenes reiches Leben lebt, ohne sich im geringsten um uns zu kümmern.

Den Bruchteil eines Bruchteils dieser Welt fing ich ein und nagelte ihn fest in meine Kästen, die ich noch immer habe. Ein verstecktes Minimuseum, dessen ich mir selten bewußt bin. Aber es sitzt da, das Getier. Als wartete es auf seine Zeit.

Volksschule

Ich fing in der Volksschule Katarina Norra an und bekam als Lehrerin Fräulein R., eine unverheiratete adrette Dame, die jeden Tag anders angezogen war. In der letzten Stunde am Samstag erhielt jedes Kind ein Sahnebonbon, sonst aber war sie oft streng; oft setzte es Kopfnüsse und Schläge, doch niemals für mich, der ich Sohn einer Lehrerin war.

Meine Hauptaufgabe im ersten Halbjahr war, still in der Bank zu sitzen. Schreiben und rechnen konnte ich schon. Ich durfte in buntem Papier schneiden; aber was ich ausschnitt, weiß ich nicht mehr. Ich glaube, daß die Stimmung während des ersten Schuljahrs leidlich war, daß sie sich aber allmählich verschlechterte. Die Lehrerin büßte ihre gute Laune ein, sobald die Ordnung gestört wurde, sobald es einen Zwischenfall gab. Man durfte nicht unruhig oder laut sein. Auch nicht weinerlich. Man durfte keine unerwarteten Schwierigkeiten mit dem Lernen haben. Überhaupt durfte man nichts Unerwartetes tun. Ein kleines Mädchen, das sich vor Scham und Schrecken naß machte, durfte keine Nachsicht erwarten.

Wie erwähnt, war ich vor Handgreiflichkeiten geschützt, weil ich Sohn einer Lehrerin war. Aber die gedrückte Stimmung um alle Vorwürfe und Drohungen spürte ich. Im Hintergrund gab es den Oberlehrer, einen habichtnasigen gefährlichen Kerl. Am allerernstesten war es, in die Erziehungsanstalt zu kommen, wovon bei besonderen Vorkommnissen die Rede war. Als persönliche Drohung empfand ich das nicht, aber die Sache an sich bereitete mir Unbehagen.

Was eine Erziehungsanstalt ist, konnte ich mir leicht vorstellen, zumal als ich den Namen für eine solche Einrichtung gehört hatte: »Skrubba« (Schrubbe), was an Reibeisen und Hobel gemahnte. Daß gegen die Insassen täglich Folter angewandt wurde, hielt ich für selbstverständlich. Zu dem Weltbild, das ich mir geschaffen hatte, gehörte also die Vorstellung, es gebe besondere Anstalten, wo Erwachsene Kinder – vielleicht zu Tode – folterten, weil sie krakeelig gewesen waren. Das war schlimm, aber so mußte es sein. Wenn man krakeelte, dann …

Wurde ein Junge aus der Schule in eine Erziehungsanstalt gesteckt und kam nach einem Jahr wieder, betrachtete ich ihn als von den Toten auferstanden.

Eine realistischere Drohung war »Evakuierung«. Während der ersten Kriegsjahre wurde eine Evakuierung aller Schulkinder aus den Großstädten geplant. Mutter schrieb mit Wäschetinte den Namen »Tranströmer« auf unsere Bettücher und anderes. Die Frage war jetzt, ob ich mit Mutter und ihrer Schulklasse oder zusammen mit meiner Klasse von der Katarina Norra evakuiert, also mit Fräulein R. deportiert werden würde. Ich argwöhnte das zweite.

Um die Evakuierung kam ich herum. Das Leben in der Schule ging weiter. Von der ersten Stunde an sehnte ich das Ende des Schultages herbei, damit ich mich auf das stürzen konnte, was mich wirklich interessierte: Afrika, die Unterwasserwelt, das Mittelalter und anderes. Das einzige, was mich in der Schule fesselte, waren die Schautafeln. Ich war ein Schautafelliebhaber. Das größte Glück war es, mit der Lehrerin zu dem Vorrat zu gehen und eine abgewetzte Papptafel hervorzuholen. Man konnte dann auch auf die anderen Schautafeln, die dort hingen, einen Blick werfen. Selber fertigte ich zu Hause nach bestem Vermögen welche an.

Ein wichtiger Unterschied zwischen meinem Leben und dem der Klassenkameraden war, daß ich keinen Vater aufzuweisen hatte. Die Mehrzahl kam aus Arbeiterfamilien, wo Ehescheidung offenbar etwas sehr Seltenes war. Ich wollte nie wahrhaben, daß es mit meiner Familiensituation eine besondere Bewandtnis hatte, auch vor mir selbst nicht. Nein, ich hatte doch einen Vater, auch wenn ich ihn nur einmal im Jahr sah (für gewöhnlich Heiligabend); ich wußte über ihn Bescheid – einmal während des Krieges war er zum Beispiel auf einem Torpedoboot, und von dort schrieb er mir einen lustigen Brief und so weiter. Diesen Brief hätte ich gerne vorgezeigt, aber es ergab sich nicht zwanglos.

Ich erinnere mich an einen Augenblick von Panik. Ich war der Schule einige Tage ferngeblieben, und bei der Rückkehr erzählte ein Mitschüler, die Lehrerin – nicht Fräulein R., sondern eine Stellvertreterin – habe der

Klasse gesagt, man dürfe mich nicht damit necken, daß ich keinen Vater hätte. Mit anderen Worten: ich war zu bedauern. Mich überkam Panik, als ich das hörte, ich war anscheinend unnormal. Feuerrot im Gesicht, versuchte ich, mich herauszureden.

Die Gefahr, als Außenseiter betrachtet zu werden, empfand ich sehr stark, weil ich zuinnerst argwöhnte, ich sei es. Ich war von Interessen beherrscht, die ein normaler Junge nicht haben durfte. Ich nahm freiwillig Zeichenunterricht und zeichnete Unterwasserszenen: Fische, Seeigel, Krebse, Schnecken. Die Lehrerin ließ verlauten, ich fertigte sehr »spezielle« Zeichnungen an, und da kam wieder die Panik. Es gab eine Sorte wenig einfühlsamer Erwachsener, die mich ständig als Abweichler herausstellen mußte. Die Mitschüler waren eigentlich toleranter. Ich war weder beliebt noch verhaßt.

Hasse, ein großer dunkler Junge, der fünfmal so stark war wie ich, pflegte mich während des ersten Schuljahrs in jeder Pause niederzuringen. Anfangs leistete ich heftigen Widerstand, aber das nützte gar nichts, er streckte mich jedesmal triumphierend zu Boden. Schließlich ersann ich eine Methode, wie ich ihm den Spaß verderben konnte: totale Entspannung. Wenn er sich näherte, tat ich so, als wäre das, was ich selber war, weggeflogen und hätte nur eine Leiche zurückgelassen, einen leblosen Fetzen, den er nach Belieben niedertreten durfte. Das bekam er über.

Ich denke darüber nach, was die Methode, sich selbst in einen leblosen Fetzen zu verwandeln, später im Leben für mich bedeutet haben mag. Die Kunst, bei erhaltenem Selbstgefühl überfahren zu werden. Habe ich nicht allzuoft darauf zurückgegriffen? Manchmal funktioniert sie, manchmal nicht.

Der Krieg

Es war im Frühjahr 1940. Ich war ein magerer, schmächtiger Neunjähriger, der über die Kriegskarte in der Zeitung gebeugt saß: darauf war mit schwarzen Pfeilen die Offensive der deutschen Panzerdivisionen eingezeichnet. Die Pfeile drangen nach Frankreich hinein und lebten auch als Schmarotzer in unseren Körpern, den Körpern von Hitlers Feinden. Ich rechnete mich wirklich dazu. Nie bin ich so mit ganzem Herzen in die Politik engagiert gewesen!

Vom politischen Engagement eines Neunjährigen zu sprechen mutet unleugbar lächerlich an, aber es ging nicht um Politik im eigentlichen Sinne. Die Sache war nur die, daß ich am Krieg teilnahm. Von gesellschaftlichen Fragen, von Gesellschaftsklassen, Gewerkschaften, Volkswirtschaft, Ressourcenverteilung, Sozialismus contra Kapitalismus und so weiter hatte ich keinerlei Vorstellungen. »Kommunist« war die Bezeichnung für eine Person, die für Rußland eintrat; die »Rechte« war leicht anrüchig, weil Teile dieser Partei zu Deutschland neigten. Darüber hinaus begriff ich, daß man für die Rechte stimmte, wenn man reich war. Was aber war mit Reichsein eigentlich gemeint? Gelegentlich waren wir Mittagsgäste bei einer Familie, die als reich galt. Sie wohnte in Äppelviken, der Hausherr war Großhändler. Eine reiche Villa, Dienstpersonal in Schwarz und Weiß. Mir fiel auf, daß der Sohn der Familie – der mir gleichaltrig war – ein phantastisch großes Spielzeugauto hatte, ein Feuerwehrauto, sehr begehrenswert. Wie kam man an so eines heran? Einen Augenblick dämmerte mir die Einsicht, daß die Familie einer anderen Gesellschaftsklasse angehörte, einer, in der man sich ungewöhnlich große Spielzeugautos leisten konnte. Das bleibt eine losgelöste und nicht sonderlich wichtige Erinnerung.

Eine andere Erinnerung: bei einem Besuch im Hause eines Klassenkameraden wunderte ich mich darüber, daß man kein Spülklosett hatte, sondern ein Plumpsklo im Hof – wie wir es auf dem Lande hatten. Man mußte in einen ausgedienten Kochtopf pinkeln, den die Mutter in den Küchenausguß leerte. Das war ein pittoreskes Detail. Sonst dachte ich gar nicht daran, daß der Familie dies und jenes abging. Und die Villa in Äppelviken kam mir nicht bemerkenswert vor. Ich war sehr weit von der Fähigkeit entfernt, die viele anscheinend schon früh im Leben besitzen – mit einem einzigen Blick die Klassenzugehörigkeit und die wirtschaftliche Lage der Umgebung zu erfassen. Viele Kinder scheinen das zu können, ich konnte es nicht.

Meine »politischen« Instinkte stellten sich ganz auf den Krieg und den Nationalsozialismus ein. Ich glaubte, man sei entweder Nazi oder Antinazi. Die in Schweden verbreitete Lauheit, der abwartende Opportunismus war meine Sache nicht. Ich verstand sie entweder als unausgesprochene Unterstützung der Alliierten oder als verkappten Nationalsozialismus. Wenn mir klar wurde, daß ein Mensch, den ich mochte, eigentlich »deutschfreundlich« war, verspürte ich sogleich einen schrecklichen Druck auf der Brust. Alles war verdorben. Niemals könnte zwischen uns eine Gemeinschaft entstehen.

Von den nächsten Verwandten erwartete ich vorbehaltlosen Beistand. Eines Abends, als wir bei Onkel Elof und Tante Agda waren (Geschwister meiner Mutter), hörte ich, wie mein zurückhaltender Onkel sagte: »Und die Engländer treten erfolgreiche Rückzüge an …« Er sagte es eher mit Bedauern, aber ich merkte, daß in dem Kommentar etwas Ironisches lag (sonst war ihm Ironie für gewöhnlich fremd), und ich spürte sofort den Druck auf der Brust. Die alliierte Darstellung der Ereignisse durfte nie in Frage gestellt werden. Finster starrte ich zur Lampe unter der Decke hoch. In dieser Lampe konnte man Trost finden. Sie war genauso geformt wie die englischen Stahlhelme: wie ein Suppenteller.

Sonntags aßen wir oft zu Mittag bei meiner anderen Onkel- und Tantenfamilie mütterlicherseits, der Familie in Enskede, die meiner Mutter nach ihrer Scheidung als eine Art Hilfsfamilie gedient hatte. Es gehörte dann zum Ritual, die schwedischsprachigen Radiosendungen der BBC anzustellen. Den Auftakt zu diesem Programm vergesse ich nie. Die V-Signale waren zu hören und danach die Erkennungsmelodie, die als »Trumpet Voluntary« von Purcell ausgegeben wurde (in Wirklichkeit aber ein schwellendes Arrangement eines Cembalo-Stücks von Jeremiah

Clarke war). Die ruhige Stimme des Ansagers, mit einem leichten Akzent, sprach unmittelbar zu mir aus einer Welt freundlicher Helden, die weiterhin die Geschäfte abwickelten, obwohl es Bomben regnete. Wenn wir im Vorortzug nach Enskede saßen, wollte ich immer, daß meine Mutter – die es verabscheute, Aufsehen zu erregen – die Propagandazeitung »Neuigkeiten aus Großbritannien« aufschlage und auf diese Weise schweigend kundtue, wo wir standen. Sie tat fast alles für mich, auch das.

Meinen Vater sah ich während der Kriegsjahre selten. Eines Tages aber tauchte er auf und nahm mich zu einer Gesellschaft mit Journalistenkollegen mit. Die Gläser standen bereit, bei reichlich Zigarettenrauch wurde gelärmt und gelacht. Ich machte die Runde, grüßte und beantwortete Fragen. Eine ausgelassene tolerante Stimmung herrschte, und man konnte tun, was man wollte. Ich zog mich zurück und strich an den Bücherregalen in dem fremden Haus entlang.

Ein neuerschienenes Buch stand da, »Polens Martyrium«. Eine Dokumentation. Ich ließ mich auf den Fußboden nieder und las es praktisch von Anfang bis Ende, während darüber die Stimmen lärmten. Das fürchterliche Buch, das ich nie wiedergesehen habe – enthielt das, was ich gefürchtet, oder vielleicht eher: was ich gehofft hatte. Die Nazis waren so unmenschlich, wie ich mir vorgestellt hatte, nein, sie waren schlimmer! Ich las gebannt, mir wurde übel, und zugleich kam ein Gefühl des Triumphes auf: Ich hatte recht gehabt! Alles stand in dem Buch, es war belegt. Wartet nur! Einmal wird das hier enthüllt, einmal werdet ihr, die ihr gezweifelt habt, die Wahrheit ins Gesicht geworfen bekommen. Wartet nur! Und so geschah es ja auch.

Bibliotheken

Das Mitbürgerhaus *(Medborgarhuset)* wurde um 1940 gebaut. Ein großer viereckiger Klotz mitten im Stadtteil Söder, aber auch ein vielversprechendes helles Gebäude, modern, »funktionell«. Es lag nur fünf Minuten entfernt von dem Haus, in dem wir wohnten.

Das Mitbürgerhaus enthielt unter anderem ein öffentliches Bad und die Stadtbibliothek. Am einen Ende die Kinderabteilung, am andern die Erwachsenenabteilung. Ich gehörte – natürlicher- und notwendigerweise – in die Kinderabteilung, und dort gab es anfangs auch so viele Bücher, daß es für mich reichte. Am wichtigsten war Brehms »Tierleben«.

Fast jeden Tag schaute ich in der Bibliothek vorbei. Doch ganz ohne Schwierigkeiten ging es nicht ab. Manchmal lieh ich Bücher aus, die nach Ansicht der Bibliothekstanten meinem Alter nicht angemessen waren, beispielsweise Knud Holmboes gewaltiger Dokumentarbericht »Die Wüste brennt«.

»Für wen ist das Buch?«

»Für mich …«

»O nein.«

»Ich …«

»Du kannst deinem Vater ausrichten, daß er selber herkommen und es ausleihen kann.«

Noch schlimmer war es, wenn ich versuchte, in die Erwachsenenabteilung hineinzukommen. Ich brauchte ein Buch, das es in der Kinderabteilung absolut nicht gab.

Am Eingang wurde ich angehalten.

»Wie alt bist du?«

»Elf Jahre.«

»Dann darfst du hier nicht ausleihen. In ein paar Jahren kannst du gerne wiederkommen.«

»Ja, aber es geht um ein Buch, das es nur hier gibt.«

»Welches Buch denn?«

»Die Einwanderungsgeschichte der skandinavischen Tierwelt.«

Von Ekman, fügte ich dumpf hinzu, mit dem Gefühl, das Spiel sei verloren. Ja, richtig, es ging nicht. Ich wurde rot, ich war wütend. Niemals würde ich ihr verzeihen!

Indes griff jetzt mein schweigsamer Onkel Elof ein; er gab mir seine Karte für die Erwachsenenabteilung, und die Fiktion, ich liehe für ihn aus, wurde aufrechterhalten. Jetzt konnte ich in die Erwachsenenabteilung einziehen.

Sie lag Wand an Wand mit dem Badehaus. Am Eingang spürte man die Dämpfe aus den Becken, den Chlorgeruch, der durch die Ventile drang, und in der Ferne hörte man die Stimmen aus dem Bade widerhallen. In Badeeinrichtungen herrscht ja immer eine so wunderbare Akustik. Der Tempel der Gesundheit und die Bücher waren Nachbarn, das war ein beschwingendes Gefühl. Der Filiale im Mitbürgerhaus blieb ich viele Jahre hindurch treu. Ich betrachtete sie als eindeutig überlegen der Hauptbibliothek auf dem Sveaväg – wo die Atmosphäre schwerer war und die Luft stillstand; keine Chlordämpfe, keine widerhallenden Stimmen. Der Geruch nach Büchern war dort anders, er verursachte Kopfschmerzen.

Als ich auf die Bibliothek losgelassen wurde, widmete ich mich meist den Sachbüchern. Die Belletristik überließ ich ihrem Schicksal. Auch Abteilungen wie Volkswirtschaft und Gesellschaftskunde. Geschichte dagegen war interessant. Medizin schreckte mich ab.

Aber Geographie war ein beliebtes Gebiet. Insbesondere hielt ich mich vor dem Regal »Afrika« auf, das umfangreich war. Ich erinnere mich noch an mehrere Titel: »Um den Mount Elgon«, »Vom Hötorg nach Afrika«, »Skizzen aus der Wüste« … Gerne wüßte ich, ob von den Büchern, die damals das Regal füllten, noch welche da sind.

Ein Mann namens Albert Schweitzer hatte ein Buch mit dem verlockenden Titel »Zwischen Wasser und Urwald« geschrieben. Es enthielt vor allem Gedanken über das Leben. Er, Schweitzer, aber blieb meist auf seiner Missionsstation und *bewegte* sich nicht *weg*, er war kein richtiger Entdeckungsreisender. Wie zum Beispiel Gösta Moberg, der (warum?) Meile um Meile zurücklegte, und das in sehr verlockende und unbekannte Gegenden wie Niger und Tschad, Länder, über die es in der Bibliothek sonst keine Literatur gab. Dort wurden Kenia und »Tanganjika« bevorzugt, alte Schwedensiedlungen. Touristen, die zu Schiff den Nil bis in das Sudd-Gebiet hinunterfuhren und dann umkehrten, die schrieben Bücher. Aber keiner von denen, die in die dürren Teile des Sudan reisten, oder von denen, die ihren Fuß nach Kordofan oder Darfur gesetzt hatten. Die portugiesischen Kolonien Angola und Moçambique, die auf der Karte so groß aussahen, waren auch unbekannte und fehlende Gebiete auf dem Afrikaregal – das machte sie besonders verlockend.

Etliche Bücher las ich im Stehen in der Bibliothek – ich mochte nicht allzu viele Bücher der gleichen Art nach Hause entleihen oder dasselbe Buch mehrmals hintereinander. Ich hatte das Gefühl, ich könnte dann von einem Bibliotheksbeamten kritisiert werden, und das mußte um jeden Preis vermieden werden.

Einen Sommer – welchen, weiß ich nicht mehr – lebte ich in einem nachhaltigen großen Tagtraum von Afrika. Es war auf Runmarö, weit weg von Bibliotheken. Ich schirmte mich ab und versetzte mich in die Phantasievorstellung, daß ich eine Expedition quer durch Zentralafrika leitete. Ich wanderte und wanderte in den Wäldern auf Runmarö, achtete darauf, wie weit ich ungefähr gegangen war, und trug diese Strecke auf eine große Afrikakarte ein, eine Karte von ganz Afrika, die ich gezeichnet hatte. Hatte ich beispielsweise errechnet, daß ich während einer Woche auf Runmarö 120 km gegangen war, so zeichnete ich 120 km auf die Karte ein. Das war nicht viel. Erst hatte ich vorgehabt, mit der Expedition an der Ostküste anzufangen, ungefähr dort, wo Stanley aufgebrochen war. Aber das wurde eine allzu lange Strecke, ehe ich die interessantesten Gegenden erreichte. Ich entschied mich deshalb anders und stellte mir vor, ich führe im Auto sogar bis Albert Nyansa. Erst dort begann die eigentliche Expedition, zu Fuß. Ich würde dann auf jeden Fall eine begründete Aussicht haben, den größeren Teil des Ituri-Waldes hinter mich zu bringen, bevor der Sommer zu Ende ging.

Es war also eine Expedition im Stil des 19. Jahrhunderts, mit Trägern und so weiter. Indes war mir halbwegs bewußt, daß das jetzt eine veraltete Fortbewegungsart war. Afrika hatte sich verändert. In Britisch-Somaliland wurde Krieg geführt, das erfuhr man aus den Nachrichten.

Panzerwagen tauchten auf. Es war in Wirklichkeit ja das erste Gebiet, auf dem die Alliierten während des Krieges Erfolg hatten – das hielt ich fest, versteht sich und Abessinien war das erste Land, das von den Achsenmächten befreit wurde.

Als mein Afrikatraum einige Jahre später wiederkehrte, war er modernisiert und fast realistisch geworden. Ich gedachte, Entomologe zu werden und in Afrika Insekten zu sammeln, statt neuer Wüsten neue Arten zu entdecken.

Gymnasium

Nur ein paar meiner Klassenkameraden aus der Volksschule trieb es ins Gymnasium weiter. Und keiner außer mir bewarb sich an der »Höheren allgemeinen Lehranstalt für Knaben in Södermalm«, kurz Södra Latin genannt.

Über die Aufnahme in die Anstalt entschied eine Prüfung. Von der weiß ich nur noch, daß ich das Wort »särskilt« (besonders) falsch schrieb. Ich schrieb es mit zwei l. Dadurch entstand um dieses Wort eine Störung, die bis weit in die sechziger Jahre hinein anhielt.

Ich erinnere mich deutlich an meinen ersten Schultag auf Södra Latin im Winterhalbjahr 1942. Mein Erinnerungsbild sieht so aus: Ich befinde mich unter lauter unbekannten elfjährigen Jungen. Im Magen kribbelt es vor Nervosität, ich bin unsicher und einsam. Aber einige der anderen scheinen einander gut zu kennen – alle, die von der Vorbereitungsschule »Maria Förberedande« kommen. Vergebens halte ich nach einem Gesicht von der Volksschule Katarina Norra Ausschau. Die Stimmung besteht etwa zur Hälfte aus düsterer Unruhe, zur Hälfte aus Erwartung und Hoffnung.

Alle werden aufgerufen und auf drei Klassen verteilt. Ich soll in die Klasse 1^{5}b und werde aufgefordert, Dr. Mohlin, meinem Klassenlehrer, zu folgen. Einem der ältesten Lehrer. Sein Fach ist Deutsch. Es ist ein kleiner Mann mit einer Art katzenhafter Autorität. Er bewegt sich schnell und leise, er hat borstiges, widerwillig ergrauendes Haar und Geheimratsecken. Von einem Kenner in der Nähe schnappe ich ein Urteil auf: Målle – so wird er genannt – ist »streng, aber gerecht«. Unheilverkündend.

Von Anfang an stand fest, daß das Gymnasium etwas ganz anderes war als die Volksschule. Södra Latin war durch und durch Maskulinum, die Schule war genauso eingeschlechtig wie ein Mönchskloster oder eine

Kaserne. Erst einige Jahre später schmuggelte man ein paar Frauen in den Lehrkörper ein.

Jeden Morgen versammelten sich alle Schüler in der Aula, sangen Kirchenlieder und hörten sich eine Predigt von einem der Religionslehrer an. Danach Abmarsch in das jeweilige Klassenzimmer. Die kollektive Södra Latin-Stimmung findet sich in dem Film »Hets« (Hetze) von Ingmar Bergman verewigt, der um diese Zeit in der Schule gedreht wurde. (Wir, die wir damals auf die Schule gingen, sind in einigen Filmszenen als Statisten dabei.)

Alle waren wir mit einem Schulkatalog versehen, der unter anderem die »Vorschriften der Schulsatzung über Zucht und Ordnung« enthielt:

»Die Schüler finden sich um die angegebene Uhrzeit zum Unterricht ein, reinlich und ordentlich gekleidet sowie versehen mit den nötigen Lehrbüchern; sie achten auf Ordnung und anständiges Auftreten und folgen dem Unterricht mit Aufmerksamkeit. Desgleichen finden sich die Schüler um die angegebene Zeit bei der festgesetzten Morgenandacht ein und wohnen derselben still und aufmerksam bei …

Den Lehrern der Anstalt erweisen die Schüler Achtung und Gehorsam und nehmen deren Anweisungen, Tadel und Bestrafungen folgsam an …«

Södra Latin lag ganz oben im Stadtteil Söder, der Schulhof bildete ein Plateau hoch über den meisten Dächern. Die Ziegelsteine des Schulgebäudes waren aus weiter Entfernung zu erkennen. Den Weg zu dieser Seufzerburg legte ich für gewöhnlich im Laufschritt zurück. Ich ging an den langen hohen Holzstößen der Krisenjahre vor der Grünanlage »Björns Trädgård« vorbei, begab mich die Götgata – mit der Buchhandlung Hansson & Bruce – hinauf, schwenkte links in die Högbergsgata ein, und da stand jeden Wintermorgen ein Pferd und kaute Stroh aus einem Beutel. Ein Brauereipferd, ein großer dampfender Ardenner. Für einen Augenblick geriet ich in seinen Dunstkreis, und die Erinnerung an das geduldige Tier und wie es in feuchter Kälte roch, ist noch immer sehr lebendig. Ein Geruch, der zugleich übelkeiterregend und tröstlich war.

Ungefähr dann, wenn die Klingeln zur Morgenandacht schellten, stürmte ich auf den Schulhof. Ich kam fast niemals zu spät, zwischen sieben und acht Uhr morgens stimmte der Zeitplan genau. Die Feder war hart gespannt auf den Tag hin.

Das Ende des Schultages war natürlich entspannter und weniger genau geregelt. Bisweilen brachte ich Palle nach Hause. Mein engster Freund während des ersten Schuljahres war nämlich Palle. Er hatte einiges mit mir gemein: sein Vater – der zur See fuhr – war nicht da, und er war das einzige Kind einer netten Mutter, die sich darüber zu freuen schien, mich zu sehen. Genau wie ich hatte Palle eine Menge Einzelkindgewohnheiten entwickelt, er lebte seinen Interessen. Vor allem war er Sammler. Wovon? Von allem: von Bierdeckeln, Streichholzschachteletiketten, Degen, Feuersteinäxten, Briefmarken, Ansichtskarten, Schnekken, ethnographischem Krempel und Knochen.

In seinem von Sammlerobjekten überfluteten Zuhause duellierten wir uns mit Degen. Wir unternahmen zusammen Ausgrabungen an einem geheimen Ort auf Riddarholmen und förderten Skeletteile zutage, die mein Zahnarzt als »Teile eines Menschen« identifizierte. Der Umgang mit Palle war bereichernd, aber allmählich entfernten wir uns voneinander. In den höheren Klassen des Gymnasiums fehlte Palle krankheitshalber mehrmals lange. Als er in eine andere Klasse versetzt wurde, riß der Kontakt ab. Mein alter Freund war sehr weit weg. In Wahrheit war Palle vom Tode gezeichnet. Er zeigte sich jetzt nur gelegentlich in der Schule, bleich und ernst, das eine Bein amputiert. Als er starb, konnte ich mit dieser Tatsache überhaupt nicht fertig werden. Ich bekam ein schlechtes Gewissen, weigerte mich aber, es mir einzugestehen. Es war, als müßte ich die Erinnerung an all den Spaß, den wir gehabt hatten, verdrängen.

Palle, der vor fünfundvierzig Jahren gestorben ist, ohne erwachsen zu werden – ihm fühle ich mich gleichaltrig. Aber meine alten Lehrer, die »Greise«, wie sie allesamt genannt wurden, sie bleiben in der Erinnerung Greise, obwohl die älteren unter ihnen genau in dem Alter waren, wie ich jetzt bin, da ich dies schreibe. Man fühlt sich immer jünger, als man ist. In mir trage ich meine früheren Gesichter, wie ein Baum seine Jahresringe hat. Die Summe daraus ist das, was »ich« ist. Der Spiegel sieht nur mein letztes Gesicht, ich spüre all meine früheren.

Die Lehrer, die in der Erinnerung den größten Raum einnehmen, sind natürlich diejenigen, die Hochspannung erzeugten, die einprägsamen farbigen Originale. In der Mehrzahl waren sie nicht, aber es waren viele. Bei einigen gab es eine Tragik, die auch wir ahnen konnten. Eine

Notlage, die so aussah: Ich weiß, daß ich von diesen beneidenswerten Kohlköpfen, die ich vor mir habe, nicht geliebt werden kann; ich weiß, daß ich nicht geliebt werden kann, aber ich will wenigstens dafür sorgen, daß ich unvergeßlich bleibe!

Das Klassenzimmer war ein Theater. Auf die Bühne trat der Hauptdarsteller, der Lehrer, gnadenlos kritisiert. Die Schüler waren das Publikum und manchmal – der und jener – Mitspieler im Drama.

Ständig mußte man auf der Hut sein. An die immer wiederkehrenden Aggressionsausfälle hatte ich mich zu gewöhnen. Die Lehrerin in der Volksschule hatte dafür den Boden bereitet – sie war streng und hart gewesen. Aber kein richtiger Theatermensch. Zu Hause waren für mich keine Belehrungen zu holen. Auftritte fanden dort kaum statt, keine Szenen, keine brüllende Vatergestalt. Mutter war spontan, aber undramatisch. Jähzorn zu zeigen war kindisch. Ich, der ich während meiner Kindheit so böse gewesen war, ich war jetzt ein recht beherrschter Junge. Meine Ideale waren englisch – *a stiff upper lip*. Wutausbrüche waren Sache der Achsenmächte.

In der Schule gab es cholerische Stars, die den größeren Teil einer Stunde darauf verwenden konnten, einen Turm aus hysterischer Empörung zu errichten, nur um von dort aus die Schalen ihres Zornes auszugießen.

Mein Klassenlehrer Målle war gewißlich kein Star. Aber er war das Opfer eines regelmäßig wiederkehrenden unbändigen Zorns. Målle war eigentlich ein charmanter Mensch und während seiner harmonischen Phasen ein guter Pädagoge. Betrüblicherweise aber erinnere ich mich am besten an seinen Zorn. Es mag sein, daß die großen Ausbrüche nicht häufiger als drei-, viermal im Monat stattfanden. Aber seine Autorität beruhte letztlich auf ebendiesen Stunden.

In solchen Schulstunden wogte das Gewitter hin und her über die Landschaft. Daß es einschlagen würde, wußte man, doch nicht, wo. Målle hatte keine Prügelknaben. Er war »streng, aber gerecht«. Es konnte jeden treffen. Eines Tages schlug der Blitz bei mir ein. Wir sollten die deutsche Grammatik aufschlagen. Ich fand das Buch nicht. Lag es noch in der Schultasche? Hatte ich es zu Hause vergessen? Wie auch immer, es klappte nicht. Ich fand das Buch nicht.

»Steh auf!«

Ich sah Målle vom Katheder heruntertänzeln und näher kommen. Wie wenn man auf einem Feld steht und einen Stier auf sich zukommen sieht.

Jetzt prasselten die Ohrfeigen los. Ich taumelte hin und her. Im nächsten Augenblick saß Målle wieder auf dem Katheder und schrieb, vor Wut noch schäumend, einen Rügenwisch für die Familie. Er war vage formuliert; da stand, ich hätte mich der »Nachlässigkeit in der Stunde« schuldig gemacht oder dergleichen.

Die Hoffnung vieler Lehrer war, daß schriftliche Rügen dieser Art im Elternhaus zu gerichtlichen Verhören und abermaliger Bestrafung führen würden.

So war es bei uns ja nicht. Mutter hörte sich meine Geschichte an, bekam den Rügenwisch ausgehändigt und unterschrieb. Sie bemerkte aber auch, daß ich von der beringten Hand des Pädagogen ein paar blaue Flekken im Gesicht hatte. Darauf reagierte sie unerwartet heftig. Sie sagte, sie wolle mit der Schule Verbindung aufnehmen, vielleicht sogar den Direktor anrufen.

Da protestierte ich. Das durfte nicht geschehen! Alles war doch gutgegangen. Aber jetzt drohte der Skandal. Ich würde als Muttersöhnchen eingestuft und in alle Ewigkeit nicht nur von Målle, sondern vom ganzen Lehrkörper verfolgt werden.

Selbstverständlich ließ sie es bleiben. Und während meiner gesamten Schulzeit bemühte ich mich, die Welt der Schule und die des Zuhause getrennt zu halten. Entstünde zwischen den beiden erst einmal ein Leck, würde das Zuhause beschmutzt werden. Ich hätte dann keinen richtigen Zufluchtsort mehr gehabt. Noch heute verspüre ich Unbehagen, wenn ich den Ausdruck »Zusammenarbeit zwischen Elternhaus und Schule« höre. Ich erkenne auch, daß dieses Getrennthalten der beiden Welten bei mir weiterführte zu einer prinzipielleren Trennung zwischen Privatleben und Gesellschaft. (Mit rechtem oder linkem Denken hat das nichts zu tun.) Was man in der Schule erlebt, wird zu einem Bild der Gesellschaft projiziert. Meine gesamte Erfahrung mit der Schule war gemischt, aber doch mehr dunkel als hell. So ist auch mein Bild von der Gesellschaft geworden. (Aber was meint man eigentlich mit »Gesellschaft«?)

Der Kontakt zwischen Lehrer und Schüler war bedrängend persönlich, wichtige Züge der Persönlichkeit wurden in der Atmosphäre des

Klassenzimmers mit den vielen aufgeladenen Situationen vergrößert. Persönlich, ja, aber nicht einen Hauch privat. Wir wußten fast nichts über das Privatleben unserer Lehrer, obwohl die meisten in den Vierteln um die Schule wohnten. Zwar gingen Gerüchte um – zum Beispiel, daß Målle in seiner Jugend Boxer im Federgewicht gewesen sei –, aber sie waren schwach belegt, man glaubte eigentlich nicht daran. Verläßliche Fakten hatten wir über zwei der zurückhaltendsten Lehrer, die nie etwas Dramatisches inszenierten. Über den einen, daß er arm war und sich dadurch etwas dazuverdiente, daß er abends in einem Lokal Klavier spielte. Er war beobachtet worden. Über den anderen, daß er Schachmeister war. Das hatte in der Zeitung gestanden.

Eines Herbsttages erschien Målle zum Unterricht mit einem Frauentäubling in der Hand. Er legte den Pilz auf das Katheder. Befreiend und schockierend – man hatte einen Schimmer von seinem Privatleben erhascht! Målle sammelte also Pilze.

Kein Lehrer äußerte politische Ansichten. Aber in der damaligen Zeit herrschten im Lehrerzimmer unerhörte Spannungen. Der Zweite Weltkrieg wurde auch dort ausgetragen. Sehr viele Lehrer waren überzeugte Nazis. Einer von ihnen soll noch 1944 – im Lehrerzimmer – ausgerufen haben: »Wenn Hitler fällt, dann falle ICH.« Das tat er freilich nicht. Ich bekam ihn während der letzten drei Klassen in Deutsch. Er erholte sich so weit, daß er 1946 Hermann Hesses Nobelpreis für Literatur mit Triumphgebrüll begrüßen konnte.

Ich war ein braver Schüler, aber keiner der besten. Biologie hätte mein Lieblingsfach sein müssen. Aber darin hatte ich die meiste Zeit auf dem Gymnasium einen allzu eigenartigen Lehrer. Er hatte sich einmal hoffnungslos vergangen, war verwarnt worden und war seitdem ein erloschener Vulkan. Meine besten Fächer waren Geographie und Geschichte. Darin hatte ich Studienassessor Brännman, rötlich, energisch, ein jüngerer Mann mit glattem hellem Haar, das dazu neigte, abzustehen, wenn er böse wurde, was recht oft geschah. Er war voll guten Willens, ich mochte ihn. Die Aufsätze schrieb ich über Themen aus Geographie und Geschichte. Es wurden lange Aufsätze. Darüber bekam ich später von einem anderen Södra Latiner, von Bo Grandien, eine Geschichte zu hören. Bo wurde während der letzten Schuljahre ein enger Freund von mir, aber vor der mittleren Reife hatten wir einander nicht gekannt.

Bo erzählte, das erstemal habe er über mich sprechen hören, als er in einer Pause an ein paar meiner Klassenkameraden vorbeikam. Sie hatten gerade schriftliche Arbeiten zurückbekommen und waren unzufrieden mit den Zensuren. Bo hörte die gereizte Replik:

»Schließlich können ja nicht alle so SCHNELL schreiben wie Trana!«

Bo entschied, »Trana« sei ein abscheulicher Kerl, dem man aus dem Weg gehen müsse. Für mich ist diese Geschichte in gewisser Weise tröstlich. Jetzt für mangelnde Produktivität bekannt, galt ich damals offenbar als Vielschreiber, als einer, der durch allzu große Produktivität sündigt, ein Stachanow der Worte.

Exorzismus

In dem Winter, als ich fünfzehn Jahre alt war, wurde ich von einer großen Angst befallen. Ich wurde von einem Scheinwerfer eingefangen, der Dunkel ausstrahlte statt Licht. Jeden Nachmittag, wenn es zu dämmern begann, wurde ich eingefangen, und die Angst lockerte ihren Griff erst, wenn es am folgenden Morgen tagte. Ich schlief sehr wenig; ich saß aufrecht im Bett, gewöhnlich mit einem dicken Buch vor mir; ich las in jener Zeit mehrere dicke Bücher, aber eigentlich kann ich nicht sagen, daß ich sie las, weil nichts im Gedächtnis haftenblieb. Die Bücher waren ein Vorwand, die Lampe brennen zu lassen.

Im Spätherbst fing es an. Eines Abends war ich im Kino gewesen und hatte »Vergeudete Tage« gesehen, einen Film über einen Alkoholiker. Der endet im Delirium – eine erschütternde Sequenz, die ich heute vielleicht kindlich fände. Aber damals …

Als ich mich zum Schlafen hingelegt hatte, spielte ich mir im Geiste den Film vor, wie man es nach Kinobesuchen zu tun pflegt.

Plötzlich verdichtete sich die Atmosphäre im Zimmer vor Entsetzen. Etwas nahm ganz von mir Besitz. Unerwartet fing mein Körper zu zucken an, am heftigsten die Beine. Ich war ein mechanisches Spielzeug, das aufgezogen worden war und jetzt hilflos zuckte und zappelte. Es waren Krämpfe gänzlich außerhalb der Kontrolle durch den Willen. Nie war mir etwas Ähnliches widerfahren. Ich schrie nach Hilfe, und Mutter kam ins Zimmer. Allmählich verebbten die Krämpfe. Sie kamen auch nicht wieder. Aber das Entsetzen vertiefte sich und wurde zwischen Abenddämmerung und Morgengrauen ein ständiger Begleiter. Das Gefühl, das während der Nächte herrschte, war jenes Entsetzen, dem Fritz Lang in einigen Szenen von »Das Testament des Dr. Mabuse« nahegekommen ist, vor allem in der Anfangsszene – eine Druckerei, wo sich jemand versteckt, während die Maschinen laufen und alles bebt –

ich erkannte mich unmittelbar wieder. Aber in meinen Nächten war es stiller. Die wichtigste Dimension im Dasein war Krankheit. Die Welt war ein riesiges Krankenhaus. Vor mir sah ich an Körper und Seele entstellte Menschen. Die Lampe brannte und versuchte, die schrecklichen Gesichter fernzuhalten, bisweilen aber döste ich ein, die Augenlider sanken nieder, und die schrecklichen Gesichter waren plötzlich dicht bei mir.

Es war still, aber die ganze Zeit arbeiteten Stimmen in der Stille. Das Tapetenmuster schnitt Fratzen. Ab und zu wurde die Stille von einem Knacken in den Wänden durchbrochen. Hervorgerufen wovon? Von wem? Von mir selbst? Es pochte in der Wand, weil meine kranken Gedanken es wollten! Um so schlimmer ... War ich geisteskrank? Auf der Grenze.

Ich hatte Angst, in Wahnsinn zu verfallen, im übrigen aber fühlte ich mich nicht persönlich durch eine Krankheit bedroht – es war kein Fall von Hypochondrie nein, die totale *Krankheitsherrschaft* rief das Grauen hervor. Wie in einem Film, wo ein harmloses Wohnungsinterieur seinen Charakter völlig verändert, wenn dazu eine angsterregende Filmmusik gespielt wird, so erlebte ich jetzt die Außenwelt auf eine neue Weise, weil das Bewußtsein der *Krankheitsherrschaft* da war. Einige Jahre vorher hatte ich Entdeckungsreisender werden wollen. Jetzt war ich in ein unbekanntes Land eingedrungen, wohin ich nie hatte kommen wollen. Ich hatte eine böse Macht entdeckt. Oder richtiger gesagt: die böse Macht hatte mich entdeckt.

(Neulich las ich von einigen Teenagern, die jegliche Lebensfreude verloren hatten, weil sie von der Vorstellung besessen waren, Aids habe die Weltherrschaft. Die hätten mich verstanden.)

An jenem Spätherbstabend zu Beginn der Krise war Mutter ja Zeugin der Krämpfe gewesen. In der Folge aber mußte sie herausgehalten werden. Alle mußten herausgehalten werden; was vor sich ging, war viel zu schlimm, als daß man darüber hätte sprechen können. Ich war von Gespenstern umgeben. Ich war auch selber ein Gespenst. Dieses Gespenst ging jeden Morgen zur Schule und saß in den Stunden da, ohne sein Geheimnis zu enthüllen. Die Schule war eine Atempause geworden; nicht dieselbe Angst dort. Heimgesucht war das private Leben. So war alles auf den Kopf gestellt.

Damals war ich mißtrauisch gegen jegliche Religion, und Gebete sprach ich nicht. Wäre die Krise ein paar Jahre später eingetreten, so hätte ich sie als eine Art Offenbarung erleben können, als etwas, das mich aufwecken sollte, etwas wie die vier Begegnungen Siddharthas (mit einem Greis, einem Kranken, einer Leiche und einem Bettelmönch). Ich hätte für die entstellten Kranken, die im nächtlichen Bewußtsein auftauchten, etwas mehr Mitgefühl empfinden können und etwas weniger Entsetzen vor ihnen haben müssen. Aber wenn die Angst aktuell war, standen keine religiös getönten Erklärungen zu Gebote. Keine Gebete, aber Versuche der Teufelsaustreibung durch Musik. Um jene Zeit fing ich ernstlich an, auf das Klavier zu hämmern.

Und die ganze Zeit wuchs ich. Zu Beginn des Herbsthalbjahres war ich einer der Kleinsten in der Klasse gewesen, am Ende des Frühjahrs war ich einer der Größten. Als wäre die Angst, in der ich lebte, ein Düngemittel gewesen, das die Pflanze in die Höhe trieb.

Der Winter ging seinem Ende entgegen, und die Tage wurden länger. Jetzt trat das Wundersame ein, daß auch das Dunkel in meinem eigenen Leben sich zurückzog. Das ging stufenweise; es dauerte, bis ich mir dessen vollauf bewußt wurde. An einem Frühlingsabend entdeckte ich, daß die Angst eine Randerscheinung geworden war. Ich saß mit ein paar Freunden zusammen und philosophierte (und rauchte Zigarre); es war Zeit, durch die helle Frühlingsnacht nach Hause zu gehen, und ich hatte überhaupt nicht das Gefühl, als erwartete mich dort etwas Grauenerregendes.

Dennoch ist das etwas, woran ich teilgehabt habe. Vielleicht meine wichtigste Erfahrung. Aber sie nahm ein Ende. Ich glaubte, es sei das Inferno, aber es war das Purgatorium.

Latein

Im Herbst 1946 kam ich in die erste der drei Abschlußklassen mit Latein. Ich bekam durchweg neue Lehrer. Statt Målle, Satan, Slöman und anderer kamen jetzt solche wie Fjalar, Fido, Lillan, Moster und Bocken. Der letztgenannte – »der Bock« – war der wichtigste. Er war Klassenlehrer und sollte mich mehr beeinflussen, als ich zu der Zeit, da ich mich mit ihm anlegte, zugegeben hätte. Ein knappes Jahr bevor er mein Lehrer wurde, hatten wir für einen Augenblick einen dramatischen Kontakt miteinander gehabt. Ich war spät dran und lief durch einen der Schulflure. Von der anderen Seite stürmte ein anderer Junge heran, einer, der in eine Parallelklasse ging. Es war G., ein bekannter Angeber. Direkt voreinander bremsten wir jählings ab, ohne dem Zusammenprall ganz ausweichen zu können. Ein so jähes Abbremsen hat viel Aggressives an sich, und wir waren allein im Flur. G. ergriff die Gelegenheit und schlug zu. Seine Rechte fuhr mir hart in die Magengrube. Mir wurde schwarz vor Augen, und ich sank zu Boden; ich fiel in Ohnmacht wie ein Fräulein in einem Roman aus dem 19. Jahrhundert. G. verschwand.

Als das Dunkel sich verzog, blickte ich zu einer Gestalt auf, die über mich gebeugt stand. Eine gedehnt klagende, singende Stimme wiederholte fast verzweifelt: »Wie geht's? Wie geht's?« Ich sah ein rosiges Gesicht und einen äußerst gepflegten schlohweißen Bart. Der Gesichtsausdruck war besorgt.

Diese Stimme, dieses Gesicht gehörten dem Lektor für Latein und Griechisch, Per Vennström, auch Pelle Vänster oder »der Bock« genannt.

Zum Glück unterzog er mich keinem Verhör, sondern schien zufrieden, als er sah, daß ich auf eigenen Beinen davongehen konnte. Da er ehrlich besorgt und fast hilfsbereit ausgesehen hatte, setzte sich bei mir das Gefühl fest, der »Bock« sei ein zuinnerst gutartiger Mensch. Etwas davon blieb auch noch erhalten, als wir später miteinander in Konflikt gerieten.

Das Äußere des Bocks war elegant und recht theatralisch. Zu dem weißen Bart trug er für gewöhnlich einen breitkrempigen dunklen Hut und einen kurzen Umhang. Ein Minimum an Überkleidung im Winter. Leicht stellten sich Assoziationen zu Dracula ein. Von weitem wirkte er souverän und dekorativ, aus der Nähe hatte sein Gesicht häufig etwas Hilfloses.

Der halb singende Tonfall, der ihn kennzeichnete, war eine persönliche Weiterentwicklung des gotländischen Idioms.

Der Bock litt an einer chronischen Gelenkkrankheit und humpelte schwer. Bewegte sich aber dennoch schnell. Immer hielt er einen dramatischen Einzug ins Klassenzimmer, die Mappe wurde aufs Katheder geworfen, und schon nach wenigen Sekunden stand fest, ob seine Laune gut oder schlecht war. Offenbar wurde sein Übel von der Witterung beeinflußt. An kühlen klaren Tagen waren die Stunden ganz gemütlich. Bei Tiefdruck und trübem Wetter schlichen sie in dumpfer gereizter Stimmung mit unvermeidlichen Zornausbrüchen dahin.

Er gehörte zu der Sorte Menschen, die in einer anderen Berufsrolle als der des Lehrers unvorstellbar ist. Man könnte geradezu sagen, daß es unmöglich war, sich ihn als etwas anderes denn als Lateinlehrer vorzustellen.

Während des vorletzten Schuljahrs kam ich mit dem Schreiben meiner eigenen modernistischen Lyrik in Gang. Gleichzeitig zog es mich zu älterer Lyrik, und als die Lateinstunden von den historischen Texten über Kriege, Senatoren und Konsuln zu Versen von Catull und Horaz übergingen, da glitt ich willig in die Welt der Dichtung hinein, wo der Bock präsidierte.

Das Durchackern der Verse war lehrreich. Es ging folgendermaßen zu. Der Schüler mußte erst eine Strophe vorlesen, zum Beispiel von Horaz:

»Aequam memento rebus in arduis
servare mentem, non secus in bonis
ab insolenti temperatam
laetitia, moriture Delli ...«

»Übersetzen«, rief der Bock.

»Mit ausgeglichenem Gemüt… öh… denk daran, mit ausgeglichenem Gemüt… nein … Gleichmut … in widrigen Verhältnissen ein ausgeglichenes Gemüt zu bewahren, und nicht anders … hm … nein, und gleichfalls in gut … guten Verhältnissen … äh … dich vor übertriebener … hm … lebhafter Freude zu hüten, sterblicher Dellius …«

Jetzt war der aus sich selbst leuchtende römische Text wirklich auf die Erde heruntergeholt worden. Aber im nächsten Augenblick, bei der nächsten Strophe, kam Horaz mit der wundervollen Präzision der Verse wieder. In diesem Wechselspiel zwischen dem Klapprig-Trivialen und dem Federnd-Sublimen lernte ich eine Menge. Es waren die Bedingungen der Poesie. Es waren die Bedingungen des Lebens. Durch die Form (DIE FORM!) konnte etwas angehoben werden. Die Raupenfüße waren weg, die Flügel entfalteten sich. Man durfte die Hoffnung nicht verlieren!

Leider begriff der Bock nicht, daß die klassischen Verse mich fesselten. Für ihn war ich ein friedlich-provokativer Jüngling, der in der Schulzeitung unverständliche Gedichte im Stil der vierziger Jahre veröffentlichte – das war im Herbst 1948. Als er meine Produkte sah, mit ihren durchgehend kleinen Buchstaben und dem Fehlen von Satzzeichen, war er empört. Ich gehörte zur vordringenden Barbarei. So einer mußte für Horaz unempfänglich sein.

Sein Bild von mir verfinsterte sich noch mehr während einer Stunde, als wir einen Text in mittelalterlichem Latein über das Leben im 13. Jahrhundert durchnahmen. Es war ein trüber Tag, der Bock litt, und die Wut lag auf der Lauer. Plötzlich wurde die Frage herausgeschleudert, wer Erik Läspe och Halte war – der wurde in dem Text erwähnt. Ich antwortete, das sei der Gründer von Grönköping. Das war eine reflexartige Reaktion zur Entlastung der gedrückten Stimmung.

Jetzt wurde der Bock nicht nur für den Augenblick böse; in diesem Halbjahr erhielt ich eine »Verwarnung« in Latein. Das war eine kurzgefaßte schriftliche Mitteilung an die Eltern, daß der Schüler das Fach vernachlässige. Da ich in den schriftlichen Lateinarbeiten gute Zensuren bekommen hatte, mußte ich den Verwarnungswisch eher auf das Leben im allgemeinen als auf den Lateinunterricht beziehen. In der Abschlußklasse des Gymnasiums wurden unsere Beziehungen sehr viel besser. Kurz vor dem Abitur waren sie herzlich.

Etwa damals begannen zwei horazische Strophenformen, die sapphische und die alkäische, in mein eigenes Schreiben einzudringen. Im Sommer nach dem Abitur schrieb ich zwei Gedichte in sapphischem Metrum. Das eine war »Ode an Thoreau« – später verschlankt zu »Fünf Strophen an Thoreau«, nachdem ich die jugendlichsten Teile gestrichen hatte. Das andere Gedicht war »Sturm« in dem Zyklus »Herbstliche Schären«. Ich weiß nicht, ob der Bock jemals zur Kenntnis genommen hat, was ich schrieb, als schließlich mein erstes Buch erschien.

Klassische Versmaße. Wie war ich auf die Idee gekommen? Sie hatte sich einfach eingestellt. Ich betrachtete ja Horaz als einen Zeitgenossen. Er war wie René Char, Oskar Loerke oder Einar Malm. Es war so naiv, daß es schon *sophisticated* war.

Rede zur Verleihung des Pilot-Preises

1988

Liebe Zuhörer. Während der Kindheit und weit in die zehner Jahre hinein gehörte ich zu der Mehrheit in unserer Zivilisation, die für die Poesie taub ist.

Ich war ein schmächtiger, etwas exzentrischer Knabe, einziges Kind einer alleinstehenden geschiedenen Volksschullehrerin. Naturgemäß entwickelte ich phantastische Interessen und wilde Träume. Die mir Nächsten hatten dafür Verständnis, andere Erwachsene aber konnten Sachen sagen wie »er lebt in seiner eigenen Welt« – was mich unerhört ärgerte. Meiner Ansicht nach lebte ich in der richtigen Welt, ich war Naturwissenschaftler, und eines Tages würde ich es ihnen zeigen!

Meine Abenteuerlust verkleidete sich als Wissenschaft. Ich wollte Forschungsreisender werden, nein *sein*. Einstweilen beschäftigte ich mich eifrig damit, Tiere zu sammeln, meist Insekten. Ich unternahm archäologische Ausgrabungen und las Geschichte, am liebsten möglichst entlegene. Aber auch an der Geschichte, die gleichzeitig vor sich ging – dem Zweiten Weltkrieg – nahm ich heftigen Anteil. All diese Interessen beanspruchten mich ganz. Teilweise (Geographie, Geschichte, Biologie) ließen sie sich mit dem Schulbesuch vereinbaren. Dennoch war die Schule größtenteils ein störendes Element.

Später, besonders vom 13. bis 14. Lebensjahr an, fesselten mich Musik und Malerei. Die künstlerischen Interessen überflügelten langsam, aber sicher die Wissenschaft. Man könnte meinen, daß die Poesie zu einer solchen Person schnell finden würde. So kam es aber nicht. Ich lebte ja im Schweden des 20. Jahrhunderts, einer Gesellschaft, deren Wahrzeichen nicht die Leier, sondern die Harke war. Ein Gerät mit gleichmäßigem Abstand zwischen den Eisenzinken, dazu gedacht, auf glattem Boden regelmäßige Muster zu erzeugen.

Die Gedichte, die ich in der Schule las, Runebergs »Fähnrich Stahl«

und Snoilskys »Schwedische Bilder«, nahm ich natürlich für Erzählungen, die lästigerweise in Versen abgefaßt waren.

Spannung und Humor wollte ich von der Belletristik haben. Und vor allem sollte die Literatur in Zusammenhang mit meinen wissenschaftlichen Interessen stehen. Ein Buch wie Bengtssons Roman »Röde Orm« war ideal – es vereinigte all diese guten Dinge. Daß mehrere der Helden im Buch Skalden waren und zwischendurch etwas sangen, fiel mir kaum auf.

Oder doch? Die altnordischen Verse waren nämlich eine Art Poesie, mit der ich es aushalten und die mich bisweilen mitreißen konnte. Im ersten Band von Grimbergs »Die wunderbaren Schicksale des schwedischen Volkes« standen nicht wenige Zitate aus der Edda und aus mittelalterlichen Chroniken. Sehr interessant. Über diese Verse fühlte ich mich oft unmittelbar hineinversetzt in das, was ich mir als die »Stimmung« in Altertum und Mittelalter vorstellte.

Wölund einsam
im Wolfstal saß,
Schlug Rotgold fest
Um funkelnd Gestein.

Oder der Schluß des Wölundliedes: König Nidud hat Wölund zum Krüppel gemacht. Der rächt sich dadurch, daß er den König tötet und dessen Tochter schwängert. Am Schluß fliegt er auf selbstgemachten, selbstgeschmiedeten Flügeln weg:

Lachend Wölund
In die Luft sich hob,
Weinend Bödwild
Vom Werder ging.

Der Lakonismus war sehr ansprechend. Unbewußt hatte ich mir eine Wahrheit über die Poesie angeeignet: die Stimmung verdichtet sich, wenn man zu wenig sagt.

Jetzt kommt eine Erinnerung an ein poetisches Erlebnis, das ich nur mit Mühe datieren kann. Es muß aber gegen Ende des Zweiten Weltkriegs gewesen sein. Ein Schauspieler liest – vermutlich im Radio – einige Gedichte, die von Mitgliedern der Widerstandsbewegung geschrieben sind. Alles, was mit der Widerstandsbewegung zu tun hatte, war fesselnd, und ich war sogar bereit, Versen zu lauschen. Was ich zu hören bekam, war u. a. etwas, das ich weit später als Paul Eluards »Liberté« identifizieren konnte, das Gedicht mit dem unwiderstehlich vorwärtsrollenden Kehrreim:

Auf meine Schulhefte
Auf mein Pult und die Bäume
Auf den Sand auf den Schnee
Schreib ich deinen Namen

Auf alle zerlesenen Seiten
Auf alle leeren Seiten
Stein Blut Papier oder Asche
Schreib ich deinen Namen

Auf die Heiligenbilder
Auf die Waffen der Krieger
Auf die Königskronen
Schreib ich deinen Namen

Auf den Dschungel und die Wüste
Auf die Nester die Ginsterbüsche
Auf das Echo meiner Kindheit
Schreib ich deinen Namen

usw. usw. 21 Strophen.

Unerhört aufgekratzt und ergriffen wurde ich – und werde es übrigens noch immer, wenn ich dieses Gedicht lese. Darauf zu verzichten, das ganze zu zitieren, kostet mich eine gewisse Überwindung.

Aufgekratzt und ergriffen, aber es war ein isoliertes Erlebnis während der Zeit der Taubheit, ein einzelnes modernes Gedicht hatte hingefunden. Ein Signal aus der Zukunft.

Eine andere Erinnerung. Ich lese Jack Londons Roman »Martin Eden«.

In dem Buch tritt ein gebrochenes Genie auf – Brissenden heißt der Mann –, das Blut spuckt und »mit zitternden Fingern« Whiskygläser leert. Eines Tages zieht er ein Manuskript aus der Innentasche und bittet Martin, die Hauptfigur, es zu lesen. Zitat:

> »Martin wurde erst rot, dann blaß, je länger er las. Das war vollendete Kunst. Form, die über den Stoff triumphierte, wenn man sich so ausdrücken konnte, wo das letzte Atom Stoff Ausdruck in einer so vollendeten Form gefunden hatte, daß es Martin vor Freude schwindelte, während ihm Tränen der Begeisterung in die Augen stiegen und ihm kalte Schauer über den Rücken liefen. Es war ein langes Gedicht von sechs- oder siebenhundert Zeilen, eine phantastische, verblüffende, unirdische Sache (...). Das Gedicht glitt in majestätischem Rhythmus zu dem kühlen Kampf der Planeten, zum Angriff der Sternenheere, zum Sturz erloschener Sonnen und zu den aufflammenden Nebeln im dunklen Raum. Und durch all das, wie ein Silberfaden im Gewebe, klang die schwache, dünne Stimme des Menschen, ein jammerndes Zirpen im Schreien der Planeten, im Krachen der Welten.
> ›Das steht einzig da in der Literatur‹, sagte Martin, als er schließlich die Sprache wiedergefunden hatte. ›Das ist wundervoll – wundervoll!‹«

Ich fand diesen schwülstigen Abschnitt in dem Roman sehr überzeugend. Das muß es geben – irgendwo ein Gedicht von dem Kaliber! Jack London bürgte dafür, daß es solche Erlebnisse gab.

Es war ein Beitrag zu der Erwartung, die es braucht, ehe man überhaupt etwas Neues sehen oder hören soll. Erwartung ist die Mutter der künstlerischen Erlebnisse.

Im Herbst 1947 wurde die Zeit reif. Ich besuchte im zweiten Jahr das Gymnasium, eine Klasse, die von »einer Ansammlung von Snobs und Ästheten« beherrscht wurde, wie ein Lehrer es ausdrückte. Damit war gemeint, daß einige Schüler für das Fach Schwedisch ein Interesse hatten, das über den Lehrplan hinausging.

In der Snobriege war ich halbwegs drin, war aber noch nicht eingeweiht. Die Poesie stand aus. Man tuschelte über die Anthologie »Lyrik der 40er Jahre«. Die Rede war von einem namens »der Teekenner«. Mein

Klassenkamerad Gunnar lieh mir das Buch für eine Weile. Ich schlug auf und las:

Erst aber muß ein Hungerturm barmherzig fallen
und fern die Schwäche der Fliehenden beleuchten

»Lindegren, immer unverständlich«, sagte Gunnar in sachkundigem Tonfall. »Vennberg ist leichter, lies den. Lies »Der Teekenner«, lies »Gäbe es Telefon!««

Ein anderer Klassenkamerad, Bosse, lieh mir die gerade erschienenen Prosagedichte von Peter Weiss, »Von Insel zu Insel«. Erst hielt ich mich an die expressionistischen Illustrationen – die bildende Kunst war für mich nach wie vor leichter zu akzeptieren –, aber plötzlich fand ich den Text genauso aufregend wie die Bilder. Ein Durchbruch.

Ich wurde jetzt ein eifriger Leser und begann auch zu schreiben, das waren zwei Seiten ein und derselben Sache. Fast alle moderne Poesie schien inspirierend und groß. Ich las selten jedes Wort in einem Gedicht. Ich las den Auftakt und ein bißchen hier und ein bißchen da. Das Lesen setzte bei mir einen Prozeß in Gang. Ich wurde in eine Richtung weggeschleudert und flog selber weiter.

Das erste Jahr mit Lesen / Schreiben war sehr produktiv. Danach stellten sich das Mißtrauen, die Schwierigkeiten ein. Die Selbstkritik, die Barrikaden heranschleppte, und die plötzliche Inspiration, die versuchte, sie wegzuheben.

Hätte ich als 12jähriger in die Zukunft blicken und sehen können, wie ich hier stehe und einen Preis entgegennehme für Gedichte, die ich geschrieben habe, ich wäre vor Scham errötet. Hätte ich dasselbe als 17jähriger gesehen, ich wäre vor Stolz geplatzt. Jetzt nehme ich eine Stellung etwa mitten dazwischen ein. Man muß der Poesie mißtrauen. Man muß von der Poesie hingerissen werden.

Mißtrauen und Hingerissenheit, es braucht beides. Sie beide zu beherbergen, ist die Kunst. Herzlichen Dank!

Anhang

Ein Besuch auf der Insel

Nachwort von
Hans Jürgen Balmes

»Die wichtigen Bücher erreichen einen von selbst« –
für Hanns Grössel

Die skandinavische Poesie scheint von einem Hunger nach Licht angetrieben, von der »Sonnenturbine« der Mittsommernacht, wie es in einem Gedicht von Tomas Tranströmer heißt. Die seltsam halluzinatorische Klarheit jener Nächte, die die Farben steigert und vibrieren läßt, bis sie sich gegenseitig löschen, ist eine Welt des Gegenlichts: Der Schlagschatten verfolgt die Dinge bis nach Mitternacht und treibt die Menschen, je länger die weißen Nächte andauern, in den Rausch oder in das dumpfe Brüten der Schlaflosen. Die Phänomene, die im kargen Licht des Winters weniger selbstverständlich schienen, flirren vor den Augen, und das hymnische Zeigen, das staunende Ansprechen der Dinge – Inger Christensens berühmter Vers: »die aprikosenbäume gibt es, die aprikosenbäume gibt es«, Tomas Tranströmers »Die rote Wand einer Scheune gibt es« – stockt vor soviel Fülle.

Der Hunger nach Licht, der fremde Blick, mit dem der soeben aus einem bleiernen Schlaf Erwachte um sich schaut, das Verschwinden der Dinge in ihrem Schatten – das sind Motive, die uns in den Gedichten Tomas Tranströmers immer wieder begegnen und in seinem Werk zu einem kammermusikalisch präzisen Kommentar auf die Frage werden: Wie leben wir?

Die Welt in Tomas Tranströmers Gedichten gleicht einem fremden dunklen Zimmer, in dem jemand plötzlich erwacht, herumtastet und einen Schrank voller Fächer findet. Um sich zu orientieren, öffnet er einige der Schubladen: Erinnerung, Tag, Stadt, Nacht, Arbeit, Traum, Natur, Unterwegs – so könnten die einzelnen Fächer etikettiert sein. Es gibt kein Geheimfach für Poesie, das Gedicht entsteht aus dem Öffnen und Schließen der Fächer. Der soeben aus einem Traum Erwachte –

oder in anderen Texten der Schlafwandler, der Reisende, der Pendler, der durch den Wald Streifende, der am Klavier Sitzende – findet in der Bewegung des Öffnens und Schließens und im Hinlauschen auf das Gefundene Gesten, Bilder, Erinnerungen seines Ichs, die er aus der gleichen Distanz betrachtet, aus der der Träumende seinen eigenen Körper erblickt: er sieht ihn, aber er steckt nicht in ihm.

Geleitet vom inneren Ohr des Dichters organisieren sich diese Fundstücke in der Metrik eines Murmelns, mit dem der Herumtastende sich zu beruhigen versucht: »Und jetzt geschieht es: die Scherben fliegen zusammen, das Mosaik entsteht. Es wartet auf uns.« Es ist ein Abbild der Verstörung, aber in dem Dunkel ist sein schwacher Schein so etwas wie ein »unentwegtes VIELLEICHT«: »Ich tue einen langen schwankenden Schritt direkt in die Nacht hinein und stehe auf der Anlegestelle, auf der Insel.«

*

Viele Gedichte Tomas Tranströmers entstanden auf Runmarö, der Insel im Schärenlabyrinth vor Stockholm, auf der sein Großvater am Ende des vorletzten Jahrhunderts eine Hütte baute, in der der Dichter bis heute fast jeden Sommer einige Wochen verbringt. Der Großvater war Lotse, ein Experte für das schwankende Vielleicht der Nebelbänke und Untiefen. Hatte er ein Schiff aus Stockholm bis zur Insel herausgeführt, blieb er auf Runmarö, um am nächsten Tag ein anderes Schiff zurückzubringen. Auf der gegenüberliegenden Seite der Insel saß damals Strindberg und schrieb seinen autobiographischen Roman »Am offenen Meer«. Einmal hat der Großvater ihn nach Stockholm zurückgebracht, er sei »ein netter Mann« gewesen, an mehr erinnerte er sich nicht.

Auf der Insel stehen die Bäume auf Armeslänge vor den Fenstern der Hütten, die in einem lichten Wald zerstreut sind: Kiefern, Eschen, Ahorn, Gras wächst zwischen den Stämmen. Manchmal finden sich Flekken, an denen die Natur sich zur Idee eines Gartens überreden ließ, ein paar verwilderte Wiesen, Granitbuckel, und wieder der Blick auf das unberechenbare Meer, das die Glasscheibe, hinter der die Natur als Idylle erscheinen könnte, sprengt. »Das Meer ist auch in den Hütten. / Ein

Streifen im Dunkel der Diele. / Schwere Schritte im Obergeschoß / und Särge mit frischgebügeltem Lächeln.«

Die Natur ist ein Gewebe, das den Menschen umfängt und gleichzeitig ausspart. Ihre Augenblicksschönheit ist ein Spiegel, in dem sich der Mensch betrachtet, um vor dem hellen Hintergrund seine verschattete Kontur zu gewahren. Dieser Kontrast kann blenden wie die Mittsommernacht und vergessen machen, was sich als dunkler Kern im Innern verbirgt. In »Ostseen« – dem langen Runmarö gewidmeten Gedicht aus dem Jahr 1974, das die Achse von Tranströmers Werk bildet – wird dieser Kern zum ersten Mal benannt: »2. August. Etwas will gesagt werden, aber die Worte lassen sich nicht darauf ein. / Etwas, das nicht gesagt werden kann, / *Aphasie,* / Worte gibt es nicht, aber vielleicht einen Stil ...«

Es war die Erfahrung des Sprachverlustes eines Mitglieds der Familie, der Großmutter, was ihm den Schock injizierte, den der Leser nun – den Nachklang des kursiv gesetzten »Aphasie« im Ohr zu den ersten Gedichten zurücklesend – in seinen Gedichten überall wiederfindet: »Und alles ist ohne Antwort / und heftig, wie wenn im Dunkeln das Telephon klingelt«, heißt es schon 1958 in »Nach einem Anfall«. Nicht daß die Art dieses einen Anfalles damit diagnostiziert wäre, und der Metapher ihre Flügel beschnitten, aber das Gedicht wird Teil einer Spur aus Angst, die auf »Ostseen« zuläuft und einen fast prophetischen Beiklang zu haben scheint – wie auch die »Schwarze Ansichtkarten« von 1983:

Mitten im Leben geschieht's, daß der Tod kommt
und am Menschen Maß nimmt. Diesen Besuch vergißt man,
und das Leben geht weiter. Doch im stillen wird der
    Anzug genäht.

1990 schien dieser Anzug fertig zu sein, nach einem Schlaganfall blieb Tomas Tranströmers rechte Körperhälfte, und zunächst auch sein Sprachvermögen, gelähmt. Es ist verstörend, wie oft sich bei Lyrikern die Nähte zwischen Leben und Werk schließen, gerade so, als wenn sich der Schreibende der Länge nach auf sein Spiegelbild aus Schrift legen würde und darin verschwände: »Gedichte sind Daseinsentwürfe: der

Dichter lebt ihnen nach«, bemerkte Paul Celan zu Ossip Mandelstam. Dem leisen Ton der Gedichte Tranströmers wäre das existentielle Pathos, mit dem man oft über die Beziehung von Leben und Werk nachdenkt, fremd. Doch gehört diese Zäsur zu seinem Werk, denn es gelang Tranströmer sein Sprachvermögen wieder so weit zurückzuerlangen, daß er weiterarbeiten kann: die Verwerfung geht mitten durch seinen 1996 publizierten Gedichtband »Die Trauergondel«.

Es ist eine Verwerfung, aber kein Bruch, wie man es erwarten könnte: in seinen letzten Gedichten begegnet uns kein Spätwerk im Sinn der verstörend hellen späten Gedichte Hölderlins, eher scheint es, als wenn sich Tranströmers Stil noch weiter geklärt hätte:

Wie Kind zu sein, und eine unerhörte Verunglimpfung
wird einem über den Kopf gezogen wie ein Sack,
durch die Maschen des Sacks schimmert die Sonne,
und man hört die Kirschbäume summen.

Aber es hilft nicht, die große Verunglimpfung
bedeckt Kopf und Torso und Knie,
und man bewegt sich sporadisch,
freut sich aber nicht über den Frühling.

Ja, glitzernde Mütze, zieh sie übers Gesicht –
durch die Maschen starren.
Auf der Bucht wimmeln lautlos die Wasserringe.
Grüne Blätter verdunkeln die Erde.

Von seinen ersten Versen an zeigt Tranströmers Poesie etwas Epigrammatisches: einen Hang zu knappen Bildern, die – wie ein schwebender Nachklang einen Akkord in seiner Klangfarbe – die zu Merksätzen gerinnenden Verse nuancieren. Jetzt, in den »neuen« Gedichten, wird das Bild noch deutlicher freigestellt und schlägt selbst die Tonart des Gedichtes an. In »Wie Kind zu sein« wird eine Beschreibung der »Verunglimpfung« in Bilder überführt, die das lakonische »Grüne Blätter verdunkeln die Erde« in ein Paradox zusammenschließt, das zwischen dem lebendigen Grün und dem düstren Verdunkeln steht – ein gnomisches

Gleichnis der Verunglimpfung und zugleich die Schneide, auf der das Gedicht sich bewegt.

*

1995, ein Spaziergang auf Runmarö: der für den Besucher stumme Tranströmer, dessen Ohr aber Fragen erreichen, weist mit dem Spazierstock immer wieder auf bestimmte Stellen. Hier findet er im Herbst Pilze – er zeichnet ihre Größe im Sand –, dort ist das Dach mit den »uralten Pfannen« aus »Ostseen«. Er wohnt im blauen Haus, ich im weißen, beide stehen hier und in den Texten – die Poesie, die sich ihm mit dem Sprechen zu entziehen schien, ist zum Greifen nah. Er sitzt im Garten, eher einer verwilderten Lichtung, auf der er seine alten Notizbücher durchgeht und auf Bilder lauert, die er in langen Textkolonnen mit der linken Hand festhält.

Gemeinsam mit seiner Frau Monica konnte Tranströmer ein zartes und intimes Zeichensystem aus Gebärden, Fingerzeigen, Lauten und notfalls Zetteln entwickeln, durch das die wenigen schwedischen Worte, die ihm noch über die Lippen kommen, zu einer ganzen Sprache werden, deren Exaktheit verblüfft: Fragen, die in ihrer Abwesenheit auf englisch gestellt werden, kann sie aus seinen Antwortversuchen rekonstruieren, wobei sie immer Blickkontakt mit ihm hält und jedes Blinzeln übersetzt. Abends in der Küche sprechen wir über die neuen, nach dem Juli 1990 entstandenen Gedichte – ihren konzentrierten Gestus, in dem sie ohne Selbstmitleid Auskunft geben und gleichzeitig die Situation der »Verunglimpfung« so fassen, daß sie zum Gleichnis wird.

Es sei so, daß er nicht mehr zu den Bildern reiche, sondern auf einer Schwelle vor ihnen stehen bleibe, hinter der sie an ihm vorüberziehen. »Worte gibt es nicht, aber vielleicht einen Stil …« Alles, was ihm bleibe, sei zu warten und das gesuchte Bild mit dem Material aus den Notizbüchern zu umkreisen. In einer großen Schrift, die wie eine linkshändige Kinderschrift wirkte, setzte er geduldig wieder und wieder an und verfaßt mit dem Material seiner Notizbücher lange Kolonnen mit Wortreihen. Er exzerpiert bestimmte Formulierungen, variiert sie und streicht immer wieder, denn es blieb ihm nur eine Spur jener fragilen Unmittelbarkeit, mit der er früher arbeitete und die nie so groß war. Aber ab einem bestimmten Punkt decken sich die Worte auf dem Papier mit dem Gesuchten, er stößt auf eine Fügung, die ohne Larmoyanz die eigene Situation zum Angelpunkt einer Rede über unser aller Leben macht. Und dann sei es wie früher. Den neu entstandenen Gedichten merkt der Leser diese Arbeit nicht an, ja sie scheinen paradoxerweise noch größeres Vertrauen zu den Bildern gewonnen zu haben. (Hier liegt auch der Unterschied zu den späten Gedichten Hölderlins, bei dem das einfache, aber konventionelle Landschaftsbild mit einer Leuchtkraft ausgestattet ist, als sei es durch eine Glasscheibe gesehen. Durch dieses Distanz herstellende Moment wird das Bild zum Zeichen einer Verstörung, während es bei Tranströmer zum Werkzeug wird, um die Verstörung auszuleuchten.)

Nicht nur die Erinnerung wie auf dem Spaziergang, auch der Traum und die Zeit durchstoßen in den Gedichten immer wieder die dünne Wabe, in der sich das Ich einrichtet: »Die Zeit ist keine gerade Strecke, eher ein Labyrinth, und drückt man sich an der richtigen Stelle gegen die Wand, kann man die eiligen Schritte und die Stimmen hören, kann man sich selbst auf der anderen Seite vorbeigehen hören.«

*

Für seine Leser mussten die letzten Verse des 1989 veröffentlichten Bandes »Für Lebende und Tote« eine tragische Vorahnung annehmen: »Die dunkle Fledermaus hat das Gesicht verlassen und schert umher im hellen Raum des Sommers.« Um so größer war die Überraschung, als er 1996 mit »Trauergondel« die neu entstandenen Gedichte vorlegte. In seinem Stummsein war ein Spätwerk entstanden, dessen sprachliche und bildliche Prägnanz so sehr im Fluchtpunkt seines Gesamtwerkes steht, als hätte es den tragischen Bruch nie gegeben. Doch viele Verse wird man unwillkürlich auf ihn beziehen: »In meinem Schatten werde ich getragen / wie eine Geige / in ihrem schwarzen Kasten.«

Manche der Gedichte stammen jedoch aus der Zeit vor dem Juli 1990. »November in der DDR« sei am Vorabend des Schlaganfalls beendet, aber für die Buchausgabe überarbeitet wurden. Die Bilder und Sätze zu »Der Kuckuck« waren für einen längeren Text vorgesehen, hatten aber noch nicht in ein Gedicht gefunden. Aber natürlich sei ihr Sinn nun nicht mehr von der veränderten Situation zu abstrahieren, und Monica Tranströmer betont den Schlußsatz des Prosagedichts: »Diese Gedanken tragen mich genauso treulich, wie Susi und Chuma Livingstones Mumie durch Afrika trugen.« Es war merkwürdig, mit ihr, die soviel Erfahrung mit dem Tragen hat, über den Satz auf Runmarö zu sprechen, wo er als Kind einen Sommer lang versucht hat, sich wie Livingstone durch Afrika durch die Wälder der Insel zu bewegen, und die zurückgelegten Strecke dann maßstabsgenau auf eine Afrikakarte übertragen hat.

Die zitierten Verse aus »Wie Kind zu sein« über die Verunglimpfung hielt Tranströmer zunächst für zu privat. Mithilfe von Monica Tranströmer konnte er bei dem Besuch auf Runmarö das Gedicht kommentieren: Zwar hätten sich, nachdem er es vollendet hätte, Zweifel und Erleichterung wie bei früheren Werken die Balance gehalten, aber er hätte es nicht in »Die Trauergondel« aufgenommen, wenn es wie ein Epilog am Ende seines Werkes gestanden wäre. Und hätte sich nicht das Erlebnis der Freiheit, ein Problem gelöst zu haben, bei anderen Texten des Bandes wiederholt, wäre das Gedicht uns vielleicht unbekannt geblieben. Doch dies gelang ihm immer wieder mit einer Klarheit, die seinen Texten eine leise Wucht verleihen.

Telefonierte man zu der Zeit mit seiner Frau, konnte man ihn manchmal im Hintergrund Klavier spielen hören; einst ein guter Pianist, blieb ihm nun nur der hallende glockenspielartige Tonsatz für die linke Hand – eine alte Hymne, ein halber Choral, der doch ein ganzer blieb: »So, wie wenn im Treppenhaus das Licht ausgeht und die Hand – vertrauensvoll – dem blinden Geländer folgt, das durchs Dunkel führt.«

*

In »Die Erinnerungen sehen mich« vergleicht Tomas Tranströmer sein Leben mit einem Kometen. Der gleißende Kopf des Lichtstreifens sei die Kindheit, dann folge der Schweif, der mit dem Alter immer breiter werde: die Kindheit verglüht und belichtet auf der Retina des Betrachters ein Leben, in ihr sieht der bis 1990 als Psychologe arbeitende Lyriker den Schwerekern, der alle prägenden Momente einer Existenz enthält. Nach der frühen Scheidung der Eltern wuchs der kleine »Tranan« – von »trana«, Kranich, der Spitzname ist ihm bis heute geblieben – in Stockholm bei der Mutter, einer Lehrerin, und in Obhut des Großvaters auf. In den Erinnerungen erzählt er neben dem Insektensammeln auf Runmarö auch von Ausflügen ins Naturkundemuseum, dem ersten Schrekken, als Siebenjähriger im Gewühl Stockholms verloren zu gehen und sich allein nach Hause durchzuschlagen. Der Leser erfährt von der Beklemmung adoleszenter Schlaflosigkeit, der Exotik der gelesenen Entdekkungsreisen, vom Gymnasium sowie von dem Entsetzen über die ersten Berichte über die Lager des Dritten Reiches, von denen er zunächst beiläufig auf Journalistenpartys hört, auf die ihn sein Vater mitnimmt. Und von den mit fünfzehn einsetzenden Angstattacken, die im Hintergrund seines Gedichts »Nach einem Anfall« stehen.

»Ein Balanceakt. Wenn das Herz links sitzt, muß man den Kopf ein Stück nach rechts lehnen, nichts in den Taschen, keine große Gesten, jegliche Rhetorik ist unmöglich hier. Das Kanu gleitet hinaus aufs Wasser.« Poetologisch gelesen beinhalten diese Schlußsätze von »Aufrecht« ein individualistisches Bekenntnis, das es für Tranströmer zu einem »Protestgedicht gegen das in Schweden vorherrschende intellektuelle Leben« machen: »Was ich sage, ist, dass die Wahrheit zu suchen, ehrlich zu sein usw. ein schwieriger individueller Balanceakt ist, man muß die Rhetorik, die Schlagwörter und Schnurrbärte und Vorurteile ablegen ... Genauso, als ob man vor dem Tod stehen würde« (Brief an seinen amerikanischen Übersetzer, den Lyriker Robert Bly, vom 18. November 1970). Die Zeilen bedeuten aber auch ein Bekenntnis zur lyrischen Moderne der zweiten Hälfte unseres Jahrhunderts, in der große mythologische Entwürfe und hermetische Gelehrsamkeit zugunsten nüchterner Lakonie, vorsichtiger Ironie und der Musikalität des einzelnen Wortes aufgegeben werden – ohne jedoch die surrealistische Lektion über die Wirklichkeit der Träume zu vergessen oder expressive Worteffekte zu scheuen, wenn zum Beispiel die »Sonnenturbine« des heftigen nordischen Sommers angesprochen wird, in dem »die Berge brüllen«.

Dieses Programm und die Gewissenhaftigkeit, mit der Tranströmer arbeitet, machten sein Werk zu einem sogenannten schmalen, aber nicht nur sein Umfang verbindet es eng mit dem einer Generationskollegin wie Wislawa Szymborska – auch sie eine skeptische Humanistin, die sich weigert, aus Liebe zur Kunst das Leben zu ästhetisieren. Als ein Vorbild nennt Tranströmer überraschenderweise den heute vergessenen, 1957 in Zürich gestorbenen Elsässer Lyriker Jean-Paul de Dadelsen, dessen psalmodierenden Gedichte ihm den freien Vers gezeigt haben, während »Ostseen«, der epische Text über Runmarö, mit seinen weiten Versräumen auf die Tradition des amerikanischen Langgedichts von Walter Whitman zu William Carlos Williams weist. In Runmarö fand er – wie Williams in seinem Heimatort Paterson, dem er ein Gedicht von Romanlänge widmete – ein Modell für die Welt.

Zu den Bildern und Erlebnissen aus der Kindheit treten in seinen Gedichten Reminiszenzen an die eigenen Reisen. Doch hat Tranströmer von ihnen keine Trophäen mitgebracht. Statt auf Safari wanderte er durch die afrikanischen Slums, angetrieben von der Solidarität der Müden, die sich im Leben nur unter dem Akut eines »unentwegten Vielleicht« einzurichten vermögen. Aber in der Wiederbegegnung mit dem einheimischen Kuckuck, der als Zugvogel »in Wirklichkeit ... ein Bürger von Zaire« ist, findet er sein Emblem und vergleicht die Entstehung eines Gedichtes mit dessen Brutverhalten:

> Phantastisch zu spüren, wie mein Gedicht wächst,
> während ich selber schrumpfe.
> Es wächst, nimmt meinen Platz ein.
> Es verdrängt mich.
> Es wirft mich aus dem Nest.
> Das Gedicht ist fertig.

Kennt man die Gedichte Tranströmers nur ein wenig, wird man bemerken, daß mit dieser poetologischen Strophe nicht ein Wuchern des Textes gemeint sein kann. Seine Devise lautet: »Reduziere!« Er legt seine Verse frei, findet im Rhythmus der sparsam gesetzten Worte die Form, die er als Schüler zum ersten Mal in der Schule beim Übersetzen von Horaz-Oden erlebt hatte: »die Bedingungen der Poesie. Es waren die Bedingungen des Lebens. Durch die Form (DIE FORM!) konnte etwas angehoben werden. Die Raupenfüße waren weg, die Flügel entfalteten sich. Man durfte die Hoffnung nicht verlieren!« (Selbstredend konnte der Lateinlehrer dieses Erlebnis anhand der ersten Gedichte Tranans nicht nachvollziehen und war über die »durchgehend kleinen Buchstaben und das Fehlen von Satzzeichen« empört – eine Erregung, die sich vielleicht gelegt haben würde, wenn er die antiken Odenformen in dessen ersten Gedichtband erkannt hätte, aber Tranströmer ist da skeptisch.)

Die Unmittelbarkeit, mit der Bilder den Textfluß bestimmen, erinnert an die Kunst des Haiku: die Stimme, die spricht, wird zum Ohr, das die Distanz zu den Dingen aufheben will. Die Kontur der Wahrnehmung, die sich ganz den Gegenständen anschmiegt, ist die Grenze des Gedichts. Diese Nähe wird aber bei Tranströmer zum Maß eines Auseinanderklaffens. In dem betäubenden Rauschen des Draußen wird das Gedicht selbst zu einem Ding, es setzt sich von dem Schreibenden ab und ihm entgegen: »Es wirft mich aus dem Nest.«

Oft wird das Ich in einem Raum landen, in dem der Dichter wie ein Kind verwundert und erstaunt erwacht. In einem Holzhaus auf der Insel Runmarö, in einem auf dem Rastplatz abgestellten Auto, in den vor Vogelgesang tobenden weißen Nächten des Nordens, in einem Hotelzimmer irgendwo in Europa. »Das Erwachen ist ein Fallschirmsprung aus dem Traum« – so lautet schon der erste in einem Buch veröffentlichte Vers Tranströmers, der prophetisch das Leitmotiv des sich entfaltenden Werkes vorwegnimmt. Ein irritiertes Schauen, eine flackernde Erinnerung, das Zittern der Kompassnadel auf dem Nachttisch, das Pochen des Pulses, der seine Empfindung einer Verantwortung weiter anfacht: »Ich habe manchmal das Gefühl, einem bestimmten geheimen Gewissen verpflichtet zu sein. Warum muss ich die ständige Verwirrung durchleben, all diese Dinge sehen und hören, was bedeutet das alles? Manchmal finde ich etwas Trost darin, dass irgendwer, irgendwas will, das ich das tue. ›Bleib, wo du bist, mein lieber Tomas, lauf nicht weg, du hast eine Funktion, auch wenn du nicht weißt, welche‹«, schreibt er, nicht ohne mit einem gewisser Ironie auf den ungläubigen Thomas anspielend, an Robert Bly (19. Januar 1973).

Wie der Druck dieser Situation aufgebaut und gelöst wird, kann man an dem Gedicht »Präludien III« ablesen, das vom Tod der Mutter handelt, ihn aber nicht direkt erwähnt. Der Text beschreibt, wie eine Wohnung ausgeräumt wird, in der man viele Jahre verbracht hat und nimmt dies als Metapher für das Leben selbst: »Die Wahrheit braucht keine Möbel. Ich bin einmal um das Leben gereist und zum Ausgangspunkt zurückgekehrt: ein leergeblasenes Zimmer.« Die einzige Anspielung auf den Tod findet sich in der Formulierung, »obwohl immer noch Trauer herrscht« – aber diese Trauer könnte sich allgemein auf die Situation des Abschieds beziehen »obwohl immer noch Trauer herrscht, ist es die leichteste Wohnung in der ganzen Stadt«. Für Robert Bly paraphrasiert er die Situation: »Man spürt, dass es kurz nach einem Todesfall ist und ich trauere, aber gleichzeitig ist da die Erfahrung einer Leichtigkeit. Man muß alles hinter sich lassen, und alles von Wert wird vielleicht in eine Art Licht verwandelt. Am Schluß sehe ich meine alte Wohnung genauso nackt wie zu Beginn: ausgeblasen, leer. Nur Licht, die Erinnerungen verblassen ...« (Anfang November 1970) Es ist dieser hellwache, von der Energie des Lichts angetriebene Blick, dessen Staunen sich keine kindliche Naivität unterschieben lässt, denn er kennt nüchtern den Maßstab der an der Wand verblassenden Bilder, das Gewicht der Erinnerungen. Eine lakonische Melancholie grundiert diesen Blick, eine zärtliche Bestimmtheit: »ich bin genau die Stelle, / wo die Schöpfung an sich selbst arbeitet«, heißt es in dem Gedicht »Der Posten«, das das Thema des »geheimen Gewissens« aufgreift. Kein Stolz, eher eine Überraschung und ein Zurücktreten.

Der Dichter ist immer »auf halbem Wege zur Sprache«.

*

Gegenüber seinen Gedichten verhält sich Tranströmer bei Lesungen scheu, aber bestimmt. Und auf dem »Schlachtfeld der Übersetzung« – so schreibt er an Robert Bly – zeigt er sich in seine Texte »nicht verliebt«, aber von einer »düsteren väterlichen Verantwortung« getrieben. Den manchmal zu emphatischen Robert Bly ermunterte er so zu prosaischer Genauigkeit und gratulierte ihm zu einem Ton, der »gleichzeitig die entspannte Haltung eines Erzählers und das todernste Gefühl, dem Tod ausgesetzt zu sein«, wiedergibt (18. November 1970 und 21. Mai 1971).

Daß dies auch in den deutschen Übertragungen so mühelos gelungen ist und man den deutschen Texten die Arbeit des Übersetzens nicht anmerkt, ist Hanns Grössel zu verdanken, der in seinen Übertragungen Tomas Transtömers Forderung nach äußerster Knappheit präzise einlöst und trotzdem nie in einen verkrampften oder trochäisch gehetzten Ton verfällt. Die Lakonie, die Zweifel und die leise Zuversicht dieser

Texte, ihre emotionalen Valeurs, diese in Übersetzungen so flüchtigen Elemente, sind auf bewundernswerte Art wiedergegeben. Früher galten manche Übersetzungen als autorisiert, wobei man nie genau wußte, was das im einzelnen bedeutete. Diese hier sind autorisiert durch den gnadenlos genau lauschenden Dichter, der die deutsche Fassung, die er lesen kann, immer noch mit der silbenärmeren englischen vergleicht, bis er glaubt, sie seien seinen überlegen.

Sein Spitzname »Tranan« legt nahe, daß seine Gestalt schon immer von einer, wenn auch eleganten, Schlaksigkeit geprägt war. Seine Bewegungen zeigten eine Gelassenheit, sein Blick war immer neugierig nach außen gerichtet. »Alle Skizzen wollen wirklich werden«. Vielleicht ist es das Geheimnis seiner Gelassenheit, dass er keine Angst mehr vor den Skizzen hat. Vielleicht ist das der Kern der Ruhe, mit er jetzt in langsamen Schritten über Runmarö wandert, mit dem Stock Abwesendes aufspürt und so wieder zu dem Raum findet, der ein durch die Zeit zerstreutes Bei-sich-Sein bedeutet. »Die Zeit ist keine gerade Strecke, eher ein Labyrinth«, und manchmal »kann man sich selbst auf der anderen Seite vorbeigehen hören.« In den letzten Jahren ist sein Blick nach innen gezogen, sein Gang gegen die Erdkrümmung geneigt. Tranströmer konnte einige Jahre nach dem Anfall wieder reisen, und jede Lesung ist ihm ein Fest. Meist trägt seine Frau den schwedischen Text vor, die Übersetzer ihren – es ist eine Hommage an einen Schweigsamen, der neben seinen Gedichten zu sitzen scheint, aber auf diskrete und entschiedene Art Monica Tranströmer seinen Kommentar zu dem Gesagten signalisiert. Einmal, bei der Verleihung des Lyrikpreises der Bayerischen Akademie, konnte man auf seiner Miene während der Lazarus-Strophe –

> Der leuchtende Strand hypnotisiert den dunkeln.
> Ich schwimme in Trance hinaus
> auf die glitzernden dunklen Wasser.
> Ein dumpfer Tubastoß dringt herein.
> Es ist die Stimme eines Freundes, nimm dein Grab und geh.

– den Anflug eines zaghaften Lächelns beobachten, Ausdruck eines vorüberstreifenden Glücks. Das war so traurig und so schön, wie der Moment, als Tomas Transtömer auf dem Weg zum Anlegesteg zum Abschied das metrische Schema der sapphischen Ode summt, in der einige seiner ersten Strophen in den »17 Gedichten« von 1954 gehalten sind; diese Musik hatte ihn nie verlassen. Die Fähre legt ab, er steht auf seinem Stock gelehnt am Ufer, etwas gegen das Leben geneigt oder von ihm gebeugt, wach und ein wenig müde, aber neugierig auf das, was ihm noch gelingen wird. Am Horizont tauchen die Funkleitmasten des Radarsystems auf, die heute die Schiffe nach Stockholm lotsen.

Anmerkungen

20 *Lied*

Der Bocksten-Mann ist eine Moorleiche, die 1936 bei Varberg in der Provinz Halland gefunden wurde; ein Bauer entdeckte sie beim Eggen. Der Mann, etwa fünfunddreißig Jahre alt und an die 1,82 m groß, ist schätzungsweise um 1360 erschlagen und dreifach gepfählt worden. (A. d. Ü.)

24 *Elegie*

Väinämöinen ist die Sänger-Figur, »der urzeitalte Zauberwisser« in dem finnischen Nationalepos »Kalevala«, einer Kompilation von Elias Lönnrot (1802–1884). Seinen Gefährten Ilmarinen begleitet Väinämöinen bei dessen Brautwerbung. Aus einem Hechtknochen fertigt er eine Kanthele-Zither an. (A. d. Ü.)

60 *November mit Abstufungen von edlem Pelzwerk*

Nils Dacke war der Anführer eines Volksaufstandes, der 1542 in der schwedischen Provinz Småland begann und sich gegen die Regierungspolitik des Königs Gustaf Vasa (1497–1560) richtete. Die Aufständischen wurden geschlagen; Nils Dacke floh in die Provinz Blekinge. (A. d. Ü.)

187 *Die Leberblümchen*

sie machten lärm usw: Zitat aus der Eriks-Chronik (14. Jahrhundert), beschreibt das Ausüben von Musik.

197 *Codex*

Handschrift. Ileborgh und Mayone sind alte Orgelmeister, Kaminski ein deutscher Komponist des 20. Jahrhunderts. Dauthendey – deutscher Schriftsteller, gestorben 1918.

199 *Carillon*

Glockenspiel. Das Gedicht spielt in Brügge im Herbst 1982. Maximilian, später Kaiser Maximilian I., saß 1488 in Brügge gefangen, seine Anhänger wurden hingerichtet.

202 *Molokai*
Eine der Inseln in der Hawaii-Gruppe. Am bekanntesten wegen ihrer Leprastation, wo Pater Damien wirkte und 1889 starb.
1959 besuchte Tomas Tranströmer seinen Freund, den Psychologen und Dichter Åke Nordin, der damals Leiter des Jugendgefängnisses Hällby bei Eskilstuna war. Im selben Jahr schickte Tranströmer Åke Nordin und dessen Frau Ulla die Haiku als Neujahrsgruß.

253 *Gefängnis*
1959 besuchte Tomas Tranströmer seinen Freund, den Psychologen und Dichter Åke Nordin, der damals Leiter des Jugendgefängnisses Hällby bei Eskilstuna war. Im selben Jahr schickte Tranströmer Åke Nordin und dessen Frau Ulla die Haiku als Neujahrsgruß.

269 *Natternkopf*
ist die Pflanze *Echium vulgare*, schwedisch *blåeld* (Blaufeuer). (A. d. Ü.)

303 *Bo Grandien*
geb. 1932, Lyriker und Journalist (A. d. Ü.)

304 *trana*
(schwedisch): Kranich (A. d. Ü.)

310 *Grönköping*
ist das schwedische Krähwinkel, dem satirischen Wochenblatt »Grönköpings Veckoblad« zufolge eine Gründung des Königs Erik Eriksson (1216–1250) mit dem Beinamen der Lispler und Humpler; schwedisch: Läspe och Halte. (A.d.Ü.)

Zur dieser Ausgabe

1976 schickte Michael Krüger »Ostseen« an Hanns Grössel, der das Langgedicht für die im Carl Hanser Verlag erscheinende Literaturzeitschrift *Akzente* übersetzte. Von da an erschienen sämtliche Gedichte und Texte von Tomas Tranströmer in der Übersetzung von Hanns Grössel im Carl Hanser Verlag, München. Nach der Publikation der einzelnen Gedichtbände wurden sie zuletzt in drei Bänden gesammelt:

Sämtliche Gedichte. Aus dem Schwedischen von Hanns Grössel. Carl Hanser Verlag, München und Wien 1997.

Die Erinnerungen sehen mich. Aus dem Schwedischen von Hanns Grössel. Carl Hanser Verlag, München und Wien 1999.

Das große Rätsel. Zweisprachige Ausgabe. Aus dem Schwedischen von Hanns Grössel. Carl Hanser Verlag, München und Wien 2005.

Diese Ausgaben finden sich in der vorliegenden, von Michael Krüger konzipierten Taschenbuchausgabe zusammengefasst, die sich an der schwedischen Ausgabe orientiert:

Dikter och prosa 1954–2004. Bonnier, Stockholm 2011.

Dazu gestellt wurde die Rede, die Tomas Tranströmer 1989 anläßlich der Verleihung des Pilot-Preises hielt und die zum ersten Mal auf Deutsch in den *Akzenten*, Heft 2/2006 erschien. – Die Zitate der auf Englisch verfassten Briefe an Robert Bly im Nachwort erfolgen nach dem Manuskript. 2001 erschien die von Torbjörn Schmidt edierte schwedische Ausgabe: *Air Mail, Brev 1964–1990.* Brevväxling mellan Tomas Tranströmer och Robert Bly. Bonnier, Stockholm 2001. Die amerikanische Ausgabe wird von Thomas R. Smith herausgegeben: *Airmail* The Letters of Robert Bly and Tomas Tranströmer. Graywolf, Minneapolis 2013. – Das Nachwort greift auf Texte zurück, die Andreas Breitenstein für die *NZZ* in Auftrag gab (»Ein Buch, im Dunkeln zu lesen«, *NZZ* vom 1./2. 11. 1997, und »In meinem Schatten werde ich getragen«, *NZZ* vom 7. 10. 2011).

Titel der Originalausgaben

17 dikter, 1954.
Hemligheter på vägen, 1958.
Den halvfärdiga himlen, 1962.
Klanger och spår, 1966.
Mörkerseende. Författarförlaget, Göteborg 1970.
Stigar. Författarförlaget, Göteborg 1973.
Östersjöar, 1974.
Sanningsbarriären, 1978.
Det vilda torget, 1983.
För levande och döda, 1989.
Sorgegondolen, 1996.
Fängelse. Nio haikudikter. Edition Edda, Uppsala 2001.
Den stora gåtan, 2004.
Minna ser mig, 1993.

(alle bis auf drei Bände bei Bonnier, Stockholm erschienen)

Deutschsprachige Buchausgaben von Tomas Tranströmer

Schwedische Gedichte. Auswahl und Übersetzung von Nelly Sachs. Luchterhand: Neuwied, Berlin 1965 (enthält 17 Gedichte aus den ersten drei Bänden).

Gedichte. Vom Autor durchgesehene Übersetzungen von Friedrich Ege, Pierre Zekeli und G. A. Modersohn. Literarisches Colloquium, Berlin 1969.

Schwedische Gedichte der Gegenwart. Herausgegeben und übertragen von Pierre Zekeli. Literarische Reihe des Instituts für Auslandsbeziehungen, Stuttgart, Band 24. Tübingen und Basel 1979. (18 Gedichte aus den ersten sechs Bänden).

Gedichte. Aus dem Schwedischen von Hanns Grössel. Hanser, München 1981.

Formeln der Reise. Aus dem Schwedischen nachgedichtet von Friedrich Ege, Hanns Grössel, Richard Pietraß, Pierre Zekeli. Verlag Volk und Welt, Berlin 1983.

Der wilde Marktplatz. [Det vilda torget] Aus dem Schwedischen von Hanns Grössel. Hanser, München 1985.

Der Mond und die Eiszeit. Aus dem Schwedischen von Hanns Grössel. Piper, München 1992.

Schmetterlingsmuseum. Fünf autobiographische Texte. Aus dem Schwedischen von Hanns Grössel. Reclam, Leipzig 1992.

Für Lebende und Tote. [För levande och döda] Aus dem Schwedischen von Hanns Grössel. Hanser, München 1993.

Sämtliche Gedichte. Aus dem Schwedischen von Hanns Grössel. Hanser, München 1997.

Die Erinnerungen sehen mich. [Minnena ser mig] Aus dem Schwedischen von Hanns Grössel. Hanser, München 1999.

Gedichte. Ausgewählt von Raoul Schrott, Siegfried Völlger und Michael Krüger. Hanser, München 2001 (enthält 29 Gedichte aus *Sämtliche Gedichte*).

Einunddreißig Gedichte. Zweisprachige Ausgabe. Aus dem Schwedischen von Hanns Grössel, ausgewählt von Heiner Boehncke, mit zwanzig Bildern von Christian Goldberg und einem Essay von Hans Jürgen Balmes. Ed. Goldberg, Stade 2002.

Das große Rätsel. Gedichte. [Den stora gåtan] Zweisprachige Ausgabe. Aus dem Schwedischen von Hanns Grössel. Hanser, München 2005.

Ungdomsdikter / Jugendgedichte. Zweisprachige Ausgabe. Aus dem Schwedischen von Hanns Grössel. Kleinheinrich, Münster 2011.

Zum Autor

Tomas Tranströmer wurde am 15. April 1931 in Stockholm geboren. Nach der Scheidung der Eltern wuchs er bei seiner Mutter auf. Seine während der Schulzeit angelegte Insektensammlung von der Insel Runmarö wird heute in Stockholm im Schwedischen Naturkundemuseum ausgestellt. 1951/52 leistete er seinen Wehrdienst ab und studierte in Stockholm Literatur- und Religionsgeschichte sowie Psychologie. Sein erster Gedichtband erschien 1954. 1955 wurde er Mitherausgeber der Zeitschrift *Upptakt.* Nach dem Studium arbeitete er als Psychologe, betreute Jugendliche in einer Strafanstalt und lebte später als Berufsberater in Västeras. Nach seiner Pensionierung zog er nach Stockholm zurück. 1990 erlitt er einen Schlaganfall mit Aphasie und rechtseitiger Lähmung als Folge, konnte jedoch später dank Rehabilitation wieder schreiben. 2012 wurde eine auf Gotland entdeckte neue Käferart nach ihm benannt: *Mordellistena transtroemeriana.* – Seine Gedichte sind heute in über 50 Sprachen übersetzt und wurden mit zahlreichen Preisen ausgezeichnet, u.a.: 1966 mit dem Bellman-Preis, 1981 mit dem Petrarca-Preis, 1990 mit dem Neustadt International Prize for Literature und dem Literaturpreis des Nordischen Rates, 1991 mit dem Nordic Prize der Schwedischen Akademie, 1992 mit dem Horst-Bienek-Preis für Lyrik, 1996 mit dem August-Preis, 1998 mit dem slowakischen Ján-Smrek-Preis und 2007 mit dem Griffin Poetry Prize. 2011 wurde ihm der Nobelpreis für Literatur zuerkannt.

Zum Übersetzer

Hanns Grössel wurde am 18. April 1932 in Leipzig geboren und starb am 1. August 2012 in Köln. 1939 wurde sein Vater als Lehrer an die Deutsche Schule St. Petri in Kopenhagen versetzt, wo Hanns Grössel bis 1947 aufwuchs und Dänisch lernte. Nach dem Krieg war er interniert. 1952 machte er in Lüneburg Abitur, studierte Germanistik, Romanistik und Philosophie in Göttingen und Paris und promovierte mit einer Arbeit über Clemens Brentano. Von 1960 bis 1966 war er Lektor bei Rowohlt, anschließend bis 1997 Redakteur und Literaturkritiker beim Westdeutschen Rundfunk in Köln. Seit den 60er Jahren übersetzte er aus dem Französischen, Dänischen und Schwedischen, trat als Herausgeber hervor und war seit 2010 Mitglied der Deutschen Akademie für Sprache und Dichtung. Für seine Übersetzungen – neben Tomas Tranströmer übersetzte er auch das Gesamtwerk von Inger Christensen – wurde er mit zahlreichen Preisen ausgezeichnet, u. a. 1976 mit dem Übersetzerpreis der Deutschen Akademie für Sprache und Dichtung, 1991 mit dem Übersetzerpreis »Natur och Kultur« der Schwedischen Akademie, 1993 mit dem Petrarca-Übersetzerpreis, 1995 mit dem Preis der Stadt Münster für Europäische Poesie, 1996 mit dem Alfred-Kerr-Preis, 2002 mit dem Hieronymus-Ring, 2007 mit den Paul-Scheerbart-Preis und 2010 mit dem Europäischen Übersetzerpreis Offenburg.

Inhalt

17 Gedichte (1954)

Geheimnisse auf dem Wege (1958)

Der halbfertige Himmel (1962)

Nachtsicht (1970)

Pfade (1973)

Für Lebende und Tote (1989)

Haiku (1959)

Die Erinnerungen sehen mich (1993)